超譯詩經——千年的歌謠

鄭玉姍 著

五南圖書出版公司 印行

作者序

就讀師大四年級時選修余培林老師的《詩經》課程，是我學習《詩經》的起點。余老師爲國學大師，不僅學養深厚、爲人親切，上課時更是妙語不絕、字字珠璣，啓發了我對《詩經》濃厚的興趣。就讀碩士班時，當時的系主任傅武光老師首創先例，要求研究生須於十三經中擇選一部，將其中重要篇章熟背成誦、每週抽考；我便義無反顧地選了《詩經》，利用課餘時間將〈國風〉眾篇熟記於心。之後又幸運得到季旭昇老師的指導，以結合文字學及出土文獻資料的方式來解讀《詩經》，奠定日後研究之大方向。

十多年來，涵泳於其中，除了寫作論文外，也曾開設相關課程，在課堂中與學子分享風雅頌之美；研究越深，便越覺得《詩經》之珍貴。因爲《詩經》是我國最早的詩歌總集，雖然只有三百零五篇，但內容深刻反映了各階層人民的喜怒哀樂與悲歡離合。而人之情感可以超越時空，是以今人亦能體會古人在婚嫁喜慶時的歡樂、在情竇初開時的患得患失、在顛沛流離時的孤苦無告、在失去摯愛時的悲痛逾恆，也能設身處地去感知當良民遭受迫害時的悲怨憤恨；後世許多感人的文學巨作，其寫作技巧或情感鋪敘，其實都可以上溯到《詩經》之源。只可惜數千年來，《詩經》中的文辭章句因爲時代變遷、用法改變，而導致解讀之隔閡，今之學子若欲自習《詩經》，恐有層層困難。

坊間關於《詩經》的論著雖多，但多是針對中文系師生之研究需要而編作，內容以經傳校注、詞章訓詁、版本分析爲主，有助於深入鑽研《詩經》。拙作則是選錄《詩經》中的重要篇章，以自然平實之文詞輔以古今

例證，引領讀者進入《詩經》的世界，感受當時的人情苦樂；並透過《詩經》記載以了解春秋時代的環境背景及重要歷史事件，即使非中文系之同學也能輕易理解《詩經》的優美內容，並體會詩篇中所蘊含的深厚人情與文化。

　　《論語·子張》：「子貢曰：『譬之宮牆，賜之牆也及肩，窺見室家之好。夫子之牆數仞，不得其門而入，不見宗廟之美，百官之富。得其門者或寡矣！夫子之云，不亦宜乎？』」筆者資質愚魯，然有幸得以親炙於眾多國學大師門下，開啟我的眼界、引領我進入博大精深的國學殿堂。本書乃是筆者學習及教授《詩經》十多年來的粗淺心得總結，僅以野人獻曝之心，希望能為讀者清除艱澀的文字障礙，直接由人情喜悲去感受三百篇中的溫柔敦厚，成為自學《詩經》者亦能輕鬆入門的基礎參考書籍，並啟發更多學子對《詩經》的了解與愛好。而學海無涯，日後更待勤奮黽勉，以期體會奧義；書中若有管窺蠡測、貽笑大方之處，尚請方家不吝賜教。

鄭玉姍

目錄

孔子以此詩爲《詩經》之首，藉以肯定「以禮求之」的態度。

1-1 君子好逑〈周南・關雎〉

「窈窕淑女，君子好逑」是人之常情。《詩經》首篇便是描述一個發生於春水之濱，愛苗悄悄滋生的故事。

一、品味原文

關關雎鳩，在河之洲。窈窕淑女，君子好逑。
參差荇菜，左右流之。窈窕淑女，寤寐求之。
求之不得，寤寐思服。悠哉悠哉！輾轉反側。
參差荇菜，左右采之。窈窕淑女，琴瑟友之。
參差荇菜，左右芼之。窈窕淑女，鐘鼓樂之。

【白話譯文】

　　棲息在水上沙洲的雎鳩鳴叫求偶；在河邊遇到的那位美麗姑娘，多希望她能成爲我的配偶。她在河邊採荇菜的倩影，連睡夢中都在我的腦海縈繞。追求不到她啊，我因此而輾轉難眠。姑娘啊！我願意一輩子都陪妳去採荇菜，美麗的姑娘啊，請妳答應做我的妻子吧！我一定會敲鑼打鼓，把妳風風光光地娶回家。

二、開宗明義談《詩經》

　　古代執政者深知「知識就是力量」，因此爲了鞏固貴族階級的政治地位而實行「王官之學」，也就是限定貴族才有資格受教育，一般百姓都是目不識丁的文盲，藉此箝制平民的思想，也讓百姓沒有

詩經學堂

1. 關關：水鳥叫聲。
2. 雎鳩：水鳥名。
3. 窈窕：才貌雙全。
4. 好逑：佳偶。
5. 荇菜：水生植物，可食。
6. 寤：醒著。
　 寐：睡著。
7. 悠哉悠哉：思念綿長。
8. 輾轉反側：翻來覆去，難以入眠。
9. 琴瑟友之：夫婦感情如琴瑟合奏般和諧恩愛。
10. 芼：挑選。
11. 鐘鼓樂之：以鐘鼓之樂隆重迎親。

文學書房

周代之貴族階級包括：周天子、諸侯（公、侯、伯、子、男）、卿、大夫、士。

反抗暴政的能力。

直到貴族出身卻家道中落的孔子到民間開私塾，平民才有受教育的機會，加上春秋時代各國國君為求爭霸而用人唯才、求才若渴，只要有才華被國君舉用，布衣便可以為卿相，從此之後才打破貴族集團在教育與政治上的壟斷局面。

會跟隨孔子學習的弟子們，都是出身平民卻胸懷大志，想於亂世中做一番經世濟民、濟弱扶傾的事業。因此孔子的教育方針就是假設他的學生日後都能被舉用任官，於是由以往的貴族教育中去蕪存菁，教導學生身為官吏所須具備的六樣基本能力，日後進入執政階級的「上流社會」後，才不會因文化素養不夠而貽笑大方。

這六樣基本能力合稱「六藝」，包括各種場合應對進退的禮節（禮），至少能夠演奏一種樂器以陶冶身心（樂），學習當時貴族間最熱門的、既可強身還能立戰功的體育運動「射箭」（射），學會駕駛只有貴族才能乘坐的馬車（御），學習書法與閱讀各種文學作品（書），學習數學卜算以增強邏輯思辨能力（數）。這套以文化內涵結合德、智、體、群、美的「六藝教育」，可謂是文武兼備的「菁英養成教育」，後來也隨著儒學一起東傳到日本，成為貴族及武士教育的基礎內涵。江戶時期，德川幕府實行「文治」政策，於各藩國設「藩校」，藩校以六藝教育為基礎，貫徹「文武兼備」的教育理念，課程包括禮法、音樂、弓術、馬術、習字、算術。日本最大的藩校「弘道館」內還保留

孔子開創了平民受教育的時代，窮人家也可以讀書唷！

✒ 文學書房

何謂六藝？
「六藝」為禮、樂、射、御、書、數。《史記・孔子世家》：「孔子以詩書禮樂教，弟子蓋三千焉，身通六藝者七十有二人。」

了孔子廟與「游於藝」的匾額。

孔子編纂之六經中，《樂經》與《詩經》均是六藝中的「樂」這門課的講義。《樂經》是學琴用的樂譜，但已在秦始皇焚書時亡佚；《詩經》是記錄歌謠的歌詞譜，是孔子在當時流傳各地的上千首歌謠中精心挑選出三百零五首，做為上課的教材。

三百零五首歌謠又分成「風」、「雅」、「頌」三大類。「風」是各地民謠，非常直接地反映了百姓的心聲，孔子以此提醒學生，有朝一日若當上官員，切勿高高在上，而是要深入民間了解民情苦樂，才能確實為百姓興利除弊。「雅」又分兩類，周天子舉辦朝會時所演唱的樂歌為「大雅」，周天子宴饗群臣時所演唱的樂歌為「小雅」。「頌」是王室重大祭典（如祭天、祭祖）時所演唱的祭歌，曲調莊嚴肅穆，內容通常是讚頌先祖先賢的偉大傳說與英勇事蹟。

孔子相信他的學生日後都有機會擔任政府要職，並陪同周天子或各國諸侯一同參與國家重要祭典與朝會饗宴，因此也將「雅」，「頌」編入教材之中。

因當時國際外交間有引詩之風，學生須將《詩經》背到滾瓜爛熟，是以秦末雖遭焚書之禍，但漢朝初年，經由孔門後學默誦傳抄，還原《詩經》並流傳至今。

三、〈關雎〉為《詩經》首章

〈關雎〉是一首戀歌，描述男子在春日閒步河

《詩經》三百零五首，是孔子拿來當音樂課教材的詞譜呢！共歌謠的詞譜，

文學書房

春秋時代外交引詩之例《左傳·襄公二十六年》：「秋七月，齊侯、鄭伯為衛侯故如晉，晉侯兼享之。晉侯賦〈嘉樂〉。國景子相齊侯，賦〈蓼蕭〉。子展相鄭伯，賦〈緇衣〉。叔向命晉侯拜二君，曰：『寡君敢拜齊君之安，我先君之宗祧也，敢拜鄭君之不貳也。』」

濱，先由沙洲上水鳥的交鳴求偶之聲，感受到大地春回之際，萬物蓬勃、欣欣向榮的生機。接著他在春水之濱邂逅一位採荇菜的姑娘，對她一見鍾情並展開追求，在追求的過程中他患得患失、多次思念佳人而輾轉難眠，最後女方終於被他的誠心感動，有情人終成眷屬。

孔子將本篇列於《詩經》之首，正表達了他肯定「窈窕淑女，君子好逑」的態度；若一國之內的適婚男女均能找到值得相知相守的另一半，共同建立幸福家庭，這離孔子心目中「男有分，女有歸」的大同世界就更接近了。

四、由〈關雎〉談古代君子的「追求」

談到「追求」，現代人可能會想到送花、送巧克力、送鑽戒，或是在女生窗外彈吉他唱情歌。然而，春秋時代之貴族門第、知識分子的「追求」是「以禮求之」，這可是整個家族動員的大事，還分為「納采、問名、納吉、納徵、請期、親迎」六個程序，合稱為「六禮」，逐一完成才能真正娶得美嬌娘。

（一）納采

「納采」就是收下彩禮的意思。如詩中的男子有了意中人，便回家稟告雙親，雙親再請出家族中最有地位成就的長輩擔任媒人，帶著彩禮前往女方家說親，如果女方家長願意收下彩禮，就代表不反對，親事就有譜了。

你一定不知道

先秦時代，納采時所送的彩禮是一對活的大雁，因為雁是候鳥，表示守時講信用，象徵雙方家長談婚事也要言出如山，不能隨便毀婚。而且大雁若是失去配偶，便終身不再覓偶成雙，希望新人對婚姻也要專情並對配偶忠貞不二。故《儀禮‧士昏禮》曰：「昏（婚）禮，下達。納采用鴈（雁）。」其意就是：「雙方談婚事時，先請媒人出馬到女方家表達男方的誠意，媒人要帶一對雁鳥作為彩禮。」

（二）問名

古代女子的閨名是個大祕密，不能讓外人知道，但是如果在「納采」階段得到女方家長首肯，就會把閨女的名字和生辰八字密封在信套中讓媒人帶回男方家，擺在神主牌前請示祖先的意見，如果三日內男方家沒有發生不好的事，就代表結果是「吉」，也就是祖先已經同意婚事了！

（三）納吉

問名的結果如果是「吉」，代表順利通過男方祖先的審查，男方會再次請媒人出馬，帶著禮物到女方家報告喜訊，女方家人歡喜收下報吉訊的禮物，所以稱之「納吉」。

（四）納徵

「納徵」是男方正式到女方家下聘，到了這個階段，婚事已經算是十拿九穩了。

（五）請期

男方正式下聘之後，就會擬定幾個適合迎親的良辰吉日，請媒人拿到女方家，請女方挑選決定，以表示尊重女方。

（六）親迎

新郎於雙方共同決定的良辰吉日，率領人馬到新娘家迎娶，拜堂行禮，婚禮正式完成。

六禮進行的過程中，都是由雙方家長與媒人在溝通進行，充滿不確定因素（尤其是「問名」階段），因此作者忐忑不安，一邊思念著姑娘，甚至擔心到難以成眠，故詩曰：「悠哉悠哉！輾轉反

 你一定不知道

1.請祖先祝福成全的「問名」

若是「問名」這三天內男方家裡發生弟弟發燒、小狗死掉之類的厄事怎麼辦呢？婚事豈不是要告吹了嗎？別擔心，古人是很有彈性的，若是如此，就再多放三天，如果第四到六天內男方家風平浪靜，就代表之前的災厄只是巧合，祖先還是同意的；那如果第四到六天內還是有壞事發生呢？就繼續再多放三天，如果第七到九天平安無事就代表祖先同意。然而，如果九天之內居然有壞事接連發生（這機率真的很低啊），那就代表祖先真的很不同意這門親事了！婚事就真的告吹了。

2.「納徵」即今日婚禮的「下聘」

孔穎達《禮記正義》：「納徵者，納聘財也。徵，成也，先納聘財而後（後）昏（婚）成。」

側。」但隨著程序順利進行，終於進入「鐘鼓樂之」的親迎階段，便可謂是有情人終成眷屬了。

五、談「琴瑟和鳴」的相處之道

自〈周南·關雎〉後，成語「琴瑟和鳴」已成為「夫妻情感和諧融洽」之代稱，由此亦可以看出古人在兩性相處間所提出的智慧之談。琴與瑟是兩種音域不同的絃樂器，正如今日的小提琴和鋼琴一般，兩人合奏時，不能一味只求自我表現，而要時時配合另一位演奏者的狀況做調整，才能合作出最悠揚的樂章。正如同情人或夫妻相處，也不能只是自私地想到自己的需要，而是要時時關心對方、在意對方的需求和情緒，感謝對方的付出，互相扶持、共同成長，這段婚姻才能如沐春風。

文學書房

今日常見之「窈窕淑女，君子好逑」、「琴瑟之好」、「琴瑟和鳴」、「輾轉反側」都是源自於〈周南·關雎〉的常見成語。

而原本用以表示「思念悠遠綿長」的成語「悠哉悠哉」，現在已演變為「悠閒自得，毫不緊張」之意，例如：「大伙兒都忙著畢業考，她還悠哉悠哉地在看漫畫，一點也不緊張。」

文學舞臺劇

「琴瑟和鳴」的文藝夫妻

宋朝有對時常晒恩愛的夫妻——趙明誠和李清照，兩人出身名門世家，多才多藝，常一起吟詩彈琴、研究金文書畫、喝茶聊天。兩人還喜歡玩一種充滿「文藝風」的遊戲，由任一方講出某典故，讓對方猜出自哪本書、哪一卷、第幾頁、第幾行，猜中的人才能喝下泡好的香茶。兩人相比，總是李清照先說出答案。趙明誠不服氣，急著翻閱書籍，此時李清照已經端起茶杯，得意地笑了起來，連茶水都濺了出來呢！兩人情深意濃，被公認是「琴瑟和鳴」的恩愛夫妻。

「父母之命，媒妁之言」是古代男女擇偶婚配的主要依據！

1-2 媒妁之言〈豳風・伐柯〉

找個好媒婆才能娶到好老婆，所以《詩經》中也記載了媒人的重要性喔！

一、品味原文

伐柯如何？匪斧不克。取妻如何？匪媒不得。

伐柯如何？其則不遠。我覯之子，籩豆有踐。

【白話譯文】

要如何砍倒大樹呢？沒有斧頭就辦不到！要如何娶得美嬌娘呢？沒有媒人就沒辦法！

砍下大樹後要如何製作一把新斧頭呢？手中的舊斧就是樣本！我依據已婚親友的親身經驗找到良媒，感謝媒人幫我娶得才貌兼備的嬌妻。啊！我看到新婚妻子捧著豐盛的祭品要來祭祀我家祖先了。

二、談「三姑六婆」

「三姑」，是尼姑、道姑、卦姑（在宮廟中幫人卜卦解籤），均為從事宗教行業的女性。「六婆」則指六項較適合中老年婦女擔任的職業，因為她們年紀大、見識多、人面廣，而且不像閨女少婦須嚴格遵守「大門不出、二門不邁」的社會規範，因此正適合拋頭露面、走街串巷。這六樣工作分別是擔任商業仲介的「牙婆」，替人介紹配偶的「媒婆」，替人畫符施咒、收驚解厄的「師婆」，開妓

詩經學堂

1. 柯：斧柄。
2. 匪：非、無。
3. 其則不遠：榜樣就在眼前。
4. 之子：此女，即「我的妻子」。
5. 籩：盛放祭品的高腳竹器。
6. 豆：盛放祭品的高腳木器。

籩

豆

院當老鴇的「虔婆」，挨家挨戶兜售家庭藥品的「藥婆」和替人接生的「穩婆」。「六婆」以現今眼光檢視均屬基層服務業，但因其中的老鴇屬於「賤業」，而「牙婆」除了仲介房屋、土地、貨物交易外，也常常仲介人口買賣，例如大戶人家想買個丫環、妓院想買個雛妓，牙婆就幫忙到窮人家物色小女孩，有時為達目的便難免泯滅良心，例如明代小說《初刻拍案驚奇．卷二．姚滴珠避羞惹羞，鄭月娥將錯就錯》：「這光棍牙婆見了銀子，如蒼蠅見血，怎還肯人心天理、分這一半與他。」這便反映出當時之人對牙婆所存在之負面觀感。

久而久之，其他「四婆」的形象都受到連累，「六婆」成為負面名詞，而演變出成語「三姑六婆」，專指「喜歡東家長、西家短，到處搬弄是非的婦女」。雖然如此，但是在古代卻無人敢否定媒人和穩婆的重要性，因為如果沒有穩婆，新生命就無法平安降臨人間；沒有媒婆，未婚男女就無法順利找到合適對象。

三、談「媒人」的重要性

遠自周朝便有「媒氏」一職，而且屬於政府官員，地位崇高。家家戶戶的嬰兒出生命名後就要立刻登記到「媒氏」所掌管的名冊中，要是男子三十歲、女子二十歲還未嫁娶，就由「媒氏」出馬幫忙找尋門當戶對的對象以完成終身大事，以免社會上有太多曠男怨女。

文學書房

《水滸傳》中的王婆拿了西門慶的銀子，替他跟有夫之婦潘金蓮牽線勾搭，這就是「牙婆」行徑。見《水滸傳．二十四回》：「王婆笑道：『老身為頭是做媒，又會做牙婆。』」

文學書房

什麼叫「媒氏」？《周禮．地官．媒氏》：「媒氏掌萬民之判。凡男女自成名以上，皆書年月日名焉。令男三十而娶，女二十而嫁。」

但因古代男女之防甚嚴，未婚男女自己認識異性的機會微乎其微，「媒氏」的工作量過高無法負荷，因此民間也開始出現「媒人」爲未婚男女服務。民間媒人熟知鄉里間的未婚男女及家世背景，有時還因沾親帶故而能見到年輕人本人，故會以年紀相仿、門戶相當爲說媒基本考量，經雙方父母同意後便進行聯姻，若能順利促成親事，媒人便可得到一筆豐富的「謝媒禮」；新人則在洞房花燭夜時，才首次見到自己的另一半。

因此一個認眞替年輕人進行篩選的好媒人往往可以促成才子佳人，造就良緣佳話；但草率湊對、甚至只想賺謝媒錢而故意隱瞞雙方殘疾缺陷的媒人也會造就不幸的怨偶。因此古代新人的幸福可說是掌握在媒人手上，故作者云：「取妻如何？匪媒不得。」因此他愼重請教親友經驗、選擇良媒，果然順利娶得美麗賢慧的妻子，並在婚後一起祭祖，向列祖列宗報告這個好消息。

四、「媒人」的相關詞彙

自〈豳風·伐柯〉後，「伐柯人」、「柯人」便成了「媒人」的代稱。如宋朝吳自牧《夢粱錄·嫁娶》：「其伐柯人兩家通報，擇日過帖，各以色綵襯盤，安定帖送過，方爲定論。」

神話中伏羲氏的臣子蹇修專門掌管婚姻媒妁之事，所以「蹇修」也是媒人的代稱，如《幼學瓊林·婚姻類》：「蹇修與柯人，皆是媒妁之號。」

《晉書·索紞傳》：「孝廉令狐策夢立冰上，與冰下人語。索紞曰：『冰上爲陽，冰下爲陰，陰陽事也。士如歸妻，迨冰未泮，婚姻事也。君在冰上與冰下人語，爲陽語陰，媒介事也。君當爲人作媒，冰泮而婚成。』策曰：『老夫耄矣，不爲媒也。』會太守田豹因策爲子求鄉人張公徵女，仲春而成婚焉。」後以「冰人」雅稱「媒人」。

而唐代小說〈定婚店〉描述故事主角韋固月下散步時遇到一位手拿姻緣簿和紅線的老人，並告知韋固他的「眞命天女」是誰，日後果然靈驗，原來「月下老人」就是掌管姻緣的神仙。現在「月下老人」、「牽紅線」已成爲媒人、說媒最常見的代稱，如《紅樓夢·第五十七回》便提到：「自古道：『千里姻緣一線牽』，管姻緣的有一位月下老人，預先注定，暗裡只用一根紅絲，把這兩個人的腳絆住。」

譯 白話譯文

《晉書·索紞傳》：有一天，令狐策夢見他站在冰上，和冰下的人對話。

索紞幫他解夢：「冰上溫度較高屬陽，冰下溫度低屬陰，這個夢是關於陰陽男女的事。《詩經》說：『紳士想娶妻，就要趕在冰雪未融之時』，您在冰上跟冰下人說話，這是撮合陰陽的媒人之事。您之後會幫人作媒，而且婚禮會定在冰雪融化之時。」令狐策說：「我老了，懶得幫人做媒了。」但是不久後太守田豹就請令狐策替他兒子做媒，對象是鄉人張老先生的女兒，婚禮正是在仲春融雪之時。

文學舞臺劇

奇妙的紅線姻緣

唐朝有個文藝青年叫韋固，他在宋城的旅館裡遇見一位自稱知道所有男女姻緣的老人，並告訴韋固，市場裡有位賣菜阿婆的女兒，是他未來的妻子。韋固發現那小女孩才三歲，嫌對方又小又醜，便派人行刺小女孩，想破解老天注定的姻緣。十多年後，他娶的老婆額頭上有傷疤，一問之下，驚訝地發現妻子竟然是當年那個小女孩。這件事傳開後，當地縣令便把那間客棧定名爲「定婚店」，牽紅線的老人稱作「月下老人」。

婚禮當天，是女孩最美最幸福的一天！

1-3 歡喜嫁女〈周南‧桃夭〉

〈桃夭〉是一首祝福的樂歌，除了稱讚新娘人比花嬌，也獻上早生貴子、興旺夫家的祝福。

一、品味原文

桃之夭夭，灼灼其華。之子于歸，宜其室家。
桃之夭夭，有蕡其實。之子于歸，宜其家室。
桃之夭夭，其葉蓁蓁。之子于歸，宜其家人。

【白話譯文】

豔紅色的桃花盛開，新娘子容顏秀麗、人比花嬌。這個女孩今天要嫁人啦！她一定能興旺夫家。桃花落了會結果實，新娘也會早生貴子。這個女孩今天要嫁人啦！她一定能興旺夫家。桃花年年盛開，樹葉茂密青翠，這個女孩今天要嫁人啦，她一定能如大樹庇蔭夫家，讓夫家子嗣綿延不絕。

二、婚禮的祝福

〈周南‧桃夭〉是一首祝賀女子出嫁的樂歌。婚禮當天，女方親友聚集在一起，合唱著這首歌謠，歡喜送新娘出嫁。

這首詩歌共分三段，第一段指出婚禮時正值風和日麗、春暖花開；又稱讚新娘子容貌豔麗，不僅「人面桃花相映紅」，更是人比花嬌。第二段祝福新娘有如桃樹結果，明年趕快添丁生個胖小子。第

詩經學堂

1. 桃之夭夭：桃花盛開。「夭夭」，鮮豔之貌。
2. 灼灼其華：花開如火般紅豔。
3. 之子于歸：此女今天得到好歸宿。「之子」，此女。「于歸」，出嫁。
4. 室家、家室、家人：均指夫家。
5. 有蕡其實：結了大果實。「蕡」，大。

文學書房

常見的婚慶祝賀詞概分成「訂婚」和「結婚」。訂婚類賀詞，包括：文定之喜、喜締鴛鴦、緣訂三生……；結婚類賀詞，包括：天作之合、心心相印、永浴愛河、白頭偕老、郎才女貌、琴瑟和鳴……。

三段更進一步祝福新娘子能夠多子多孫多福氣，如一棵枝繁葉茂的大樹般庇蔭興旺夫家。

這首樂歌稱讚新娘子德容兼備，日後必然能成為丈夫的賢內助、夫家的好媳婦，字裡行間盡是家人的祝福與關愛，可見新娘必然為家人長輩之掌上明珠。

三、成語溯源

《幼學瓊林・老壽幼誕類》：「女嫁曰于歸，男婚曰完娶。」成語「于歸之喜」及「宜室宜家」，典故都是源自〈周南・桃夭〉。「于歸之喜」用來祝賀女子嫁得好夫婿、得到好歸宿。「宜室宜家」亦是女子出嫁時的祝賀語，用以形容女子巧手慧心，必能帶給夫家和諧美滿的生活。

至於成語「逃之夭夭」則晚至明代才出現，《醒世恆言・卷三・賣油郎獨占花魁》：「（刑權、蘭花）兩個商量出一條計策來，俟夜靜更深，將店中資本席捲，雙雙的桃之夭夭，不知去向。」

> **！你一定不知道**
>
> 古代女子出嫁前會盛裝打扮，此時母親則會替女兒披上美麗的繡花絲巾，並做最後的修飾；母親一邊替女兒整理儀容、一邊叮嚀女兒嫁到夫家要尊敬公婆、不可任性……之類的諄諄教誨，這個儀式稱為「結縭」。見於《詩經・豳風・東山》：「親結其縭，九十其儀。」毛亨〈傳〉：「縭，婦人之褘也。母戒女，施衿結悅。」這個動作象徵了母親的依依不捨及對女兒未來成為一個賢妻良母的期待。

作者馮夢龍巧妙地利用了「桃之夭夭」的諧音創造了另一個成語「逃之夭夭」，用以作為「倉皇逃走、溜之大吉」之意。但現在「逃之夭夭」的使用率反而遠勝過「桃之夭夭」。

四、古典文學中的桃花

在古典文學中「桃花」常用來形容女子的美貌，唐朝詩人崔護在桃花林巧遇女子，寫下〈題都城南莊〉：「去年今日此門中，人面桃花相映紅；人面不知何處去，桃花依舊笑春風。」便以「桃花」形容女子容顏之美。

此外，因陶淵明之〈桃花源記〉，「桃花」亦作為仙境或世外樂土之代稱，如李白〈山中答問〉：「問余何事棲碧山，笑而不答心自閒。桃花流水窅然去，別有天地非人間。」便是沿用了〈桃花源記〉之典故。

五、古今皇室婚禮比一比

（一）古代篇

《詩經》中的〈召南·何彼襛矣〉是描述貴族公主出嫁：

> 何彼襛矣？唐棣之華。曷不肅雝！王姬之車。
> 何彼襛矣？華如桃李。平王之孫，齊侯之子。
> 其釣維何？維絲伊緡。齊侯之子，平王之孫。

【白話譯文】

唐棣的花朵開得多麼豔麗啊！周平王之外孫女乘坐著王姬出嫁時周平王贈送的王室馬車，多麼雍

桃花常用以形容美人，所以成語「桃花薄命」便是「紅顏薄命」之意。

詩經學堂

1. 襛²⁴：豔麗、華麗。
2. 唐棣²之「華」：花。
3. 肅⁴雝¹：雍容肅穆。
4. 平王之孫，齊侯之子：周平王之外孫女，乃平王之女「王姬」嫁給齊侯所生之女。
5. 其釣維何？維絲伊緡：要製作釣線，需用兩條細絲搓成；此指撮合一對門當戶對的男女成為夫妻。

容華貴啊！

　　新娘子的容貌秀麗，比桃李之花更嬌媚；她是周平王之外孫女，也是齊國國君的女兒。想釣魚就要先將細絲搓成釣線；媒人也幫周平王之外孫女撮合了好姻緣。新娘子的地位高貴，她是齊國國君的女兒，也是周平王之外孫女，因此出嫁的隊伍才會這麼豪華氣派。

　　〈周南‧桃夭〉是描述百姓之女出嫁，〈召南‧何彼襛矣〉詩中之新嫁娘卻貴為周平王之外孫女，因此送嫁的場面必然非比尋常，送嫁迎娶之車馬、嫁妝、服飾、隨眾等排場皆壯觀豪華，是以引來萬民圍觀，爭賭王室風采並記錄為詩篇。

穿越千年時空

敦煌壁畫古代婚禮圖

這幅「敦煌壁畫古代婚禮圖」，重現了千年前舉行婚禮的盛況——場地華麗、喜宴中的男女打扮入時、中間那位盛妝的新娘子猶如天仙般美麗。那時候可不流行公證結婚、登記結婚，男女大事一定要遵守禮俗，不得馬馬虎虎。

（二）現代篇

今日臺灣已無王室，但民眾仍可於媒體中一睹各國王室成員婚禮時之豪華場面。例如西元1981年7月29日，英國王儲查爾斯王子和戴安娜王妃在倫敦聖保羅教堂舉行結婚典禮，這場世紀婚禮受到全世界矚目，英國廣播公司以三十三種語言向全世界轉播了婚禮的盛況。婚禮當天，英國女王夫婦與查爾斯王子、戴安娜王妃在皇家衛隊的護送下，乘坐著傳統裝飾的皇家馬車，在人民的歡呼聲中前往教堂舉行婚禮。當日應邀前來觀禮的外國皇室成員、政府代表及外交使節高達二千五百人，婚禮總花費超過三千萬英鎊。

公主出嫁的場面也不遑多讓，如西元2013年6月8日，瑞典國王古斯塔夫的小女兒、也是瑞典王位的第四順位繼承人馬德琳公主 (Princess Madeleine) 風光下嫁英國銀行家歐尼爾。婚禮在瑞典首都斯德哥爾摩舉行，瑞典民眾揮舞國旗，夾道見證公主的幸福時刻，各國王室成員、使節嘉賓也前來參與盛會，現場冠蓋雲集，由瑞典國營媒體全程直播婚禮儀式。儀式結束後，新人搭乘傳統馬車穿越市中心接受數千民眾歡呼道賀。

Note

由迎親的陣仗，可看出男方家的家世與人脈。

1-4 隆重迎親〈召南・鵲巢〉

新郎領著大隊人馬，扛著花轎，敲鑼打鼓去迎娶新娘子！《詩經》記載了這瀟灑隆重的一刻！

一、品味原文

維鵲有巢，維鳩居之。之子于歸，百兩御之。

維鵲有巢，維鳩方之。之子于歸，百兩將之。

維鵲有巢，維鳩盈之。之子于歸，百兩成之。

【白話譯文】

鵲鳥築了巢，鳩鳥住進去；我也已經準備好新房，要讓我的新娘舒服地住進來。今天她要嫁給我啦！我要帶著大批車馬去迎接她，她們家也會派人送嫁，然後眾人一起回到我家拜堂成親，完成婚禮儀式。

二、「婚禮」溯源

結婚是人生重要大事，自周公制禮作樂以來，人們對於「婚禮」莫不是甜蜜而謹慎地籌備進行。但在數千年前的遠古漁獵部落裡，若有年輕男子長大成人，需要找另一半了，他的家人便會要他先到隔壁部落去物色喜歡的女孩，然後伺機搶回來當老婆，這便是婚禮的起源——「搶婚」。「搶婚」是一門大學問，何時去搶？怎麼搶？才可以達到最高的成功率呢？先民歷經無數次失敗後，發現幾個重

詩經學堂

1. 百兩：百輛禮車。
2. 方：放、進入。
3. 將：送嫁。
4. 盈：滿。
5. 成：完成婚禮。

你一定不知道

臺灣的布農族也有「搶婚」習俗，男女雙方親友擺開「架勢」，新郎若能率領友人突破女方親友的阻攔，將女子「搶」回家，便算搶親成功；之後新郎再到女方家談論迎娶的細節，正式迎娶。因為布農族人認為我家有女，歡迎你邀集親朋好友靠實力來搶，如果搶不走，就代表日後你無法守護我女兒的安全，所以「搶婚制」可以視為對男方能力的考驗，因此布農族男人從小就勤練摔角搏鬥，以鍛鍊強健體魄。

要原則：

第一：要在黃昏時分去搶。漁獵社會時白天所有的男人都在與野獸奮戰，黃昏時早已精疲力竭，就算有人到家裡來搶女兒，父親兄弟也疲累到難以反抗。但不能等天黑之後再去搶，因為視線不良，可能會搶錯人；而且就算搶到人也可能看不清道路而無法順利撤退逃走。

第二：要多帶點人手去幫忙。這群人白天特地養精蓄銳，黃昏時跟著新郎到女方部落，「新郎」鎖定目標，一把扛起「新娘」轉身就跑，其他兄弟就留下來斷後，阻止女方親人追趕搶人。

第三：「搶婚」需要兩樣道具，用繩子綁住新娘，免得她一直掙扎；用布袋套著新娘的頭，以免她看清楚回家的道路，又趁機逃跑了。

第四：「新郎」要事先找好一個不為外人所知的山洞，搶到「新娘」後在此共度良宵；就算「新娘」的家人認出「新郎」是誰，登門要人，也暫時找不到女兒了！等兩、三天過去，生米已煮成熟飯後，再把新娘帶回自己部落介紹家人，開始新婚生活。

這些遠古時代「搶婚」的手法，在人類進入文明時代後改頭換面地保存下來了！迎娶拜堂時間在黃昏進行，所以叫「昏禮」；幫忙新郎一同去迎娶的好弟兄現在稱為「伴郎」。蓋在新娘頭上的布袋變成了中國的紅布「蓋頭」或西洋的白頭紗；當初用來綑綁的繩子則成了一條中間有綵球的長緞紅布，由新郎新娘各執一端，表示兩人牽起情緣。而

你一定不知道

依中國傳統習俗規定，嫁進門的新娘子第二天須拜見公婆，為什麼不是迎娶當天呢？這與早期「搶婚」習俗有關，搶來的新娘得先藏一晚上，否則女方的兄長們一定會上門來討人。等到隔天女方被帶回夫家，兩人已經有夫妻之實，女方家人只好同意。這種情形沿襲下來，成了新娘子第二天才拜見公婆的習俗。朱慶餘〈近試上張籍水部詩〉：「洞房昨夜停紅燭，待曉堂前拜舅姑。」詩中就描述這種現象。

文學書房

《禮記·昏義》：「昏禮者，將合二姓之好，上以事宗廟，而下以繼後世也。故君子重之。」直到魏晉之後才寫成「婚禮」。如南朝宋范曄《後漢書·荀韓鍾陳列傳》：「眾禮之中，婚禮為首。」

為了婚禮所精心布置的新房，則沿用了「洞房」之名。如唐代朱慶餘〈近試上張籍水部詩〉：「洞房昨夜停紅燭，待曉堂前拜舅姑。妝罷低聲問夫婿：畫眉深淺入時無？」

〈召南·鵲巢〉中提到兩樣男方準備婚禮時的重點，一是迎娶時的車馬排場，百輛車隊當然是誇飾說法，但就如同現代人會準備多輛進口名車作為禮車去迎娶新娘，都是男方家為了表示對女方的尊重與慎重其事，也可以趁機展現男方的人脈與家世，讓女方親友都知道新娘嫁到一個富裕的好人家，日後衣食無虞。此外，女方雖有親友陪同送嫁，但新娘日後將要隻身在夫家展開新生活，心裡難免忐忑不安，加上迎娶途中車馬勞頓，因此準備了舒適的新房，讓新娘可以好好休息，澈底放鬆身心。

由這首詩中，我們可以讀出夫家與新郎對婚禮的重視以及對新娘的體貼，相信詩中的新嫁娘一定會有幸福甜美的婚姻生活，故末章「維鵲有巢，維鳩盈之」，暗示很快就會生出下一代，把這個寬敞的新房給住滿。

三、現代豪華車隊迎娶比一比

前面提到，迎娶時的車馬排場，是男方家為了表示對女方的尊重與慎重其事，也可以趁機展現男方的家世或人脈；不論古今、人同此心，現代人迎娶時，也常見以多輛進口名車作為禮車去迎娶新娘，如2014年6月1日，臺灣雲林有個新郎為了讓新

文學書房

〈召南·鵲巢〉：「維鵲有巢，維鳩居之」，原本是以兩種不同鳥類分指男女新人，用以表達新郎用心準備新房等待新娘進門安住，但幾經流傳誤用，現在「鳩占鵲巢」已經成為一個較負面的成語，用來比喻不努力而坐享其成，或以非法手段搶走他人住居。

從夫家為我準備的舒適新房，就可以感受到丈夫對我的體貼和疼愛哦！

娘有個終身難忘的婚禮，因此號召車友組成超跑車隊上門迎娶。車隊內有賓利轎車、法拉利、藍寶堅尼，加上瑪莎拉蒂、賓士超跑、BMW大7系列房車，整個車隊總價值將近一億元。圍觀的路人原本以為新郎是個富家公子，才能有此排場，但其實二十六歲新郎是從事超跑車燈改裝工作，平時與車友頗有交情，為了讓新娘有個終生難忘的婚禮，才情商朋友借車，沒想到車友義氣相挺，湊出這麼壯觀的陣容，讓這對新人留下永恆的美好回憶。

此外，偶爾也可看見各行各業的「另類豪華車隊」迎親，例如2014年6月23日，在高雄街頭出現六輛砂石車車頭組成的迎娶車隊，聲勢驚人。原來新郎是名砂石車司機，於是動員同事共襄盛舉，以六輛砂石車組成另類迎娶車隊，總價近兩千萬元。每輛砂石車車頭都貼著大紅囍字，車身及車頭綁著繽紛氣球，這列迎親車隊招搖過市讓民眾都看傻了眼。新郎別出心裁設計這場「重量級」迎娶活動，也讓新娘直呼感動。

超跑迎親車隊

砂石車迎親車隊

婚禮時我們常祝福新人早生貴子，〈周南‧螽斯〉便是一首這樣的樂歌！

1-5 早生貴子〈周南‧螽斯〉

詩歌內容祝福朋友多子多孫，日後兒孫爭氣光耀門楣。

一、品味原文

螽斯羽，詵詵兮。宜爾子孫，振振兮。

螽斯羽，薨薨兮。宜爾子孫，繩繩兮。

螽斯羽，揖揖兮。宜爾子孫，蟄蟄兮。

【白話譯文】

祝福你早生貴子，後代人丁興旺，就像是螽斯的數量那麼多。希望上天賜福你家子孫，不僅綿延不絕而且彼此和睦相處。

二、傳宗接代的渴望

在古代，婚姻最重要的目的是為了繁衍下一代，新世代的出生，代表家族血統得以延續，祖先香火有人傳承，這在宗法社會中是非常嚴肅的考量，也是新人最重要的任務。

因此當新人成親之時，親友便會祝賀其早生貴子。至於要生幾個孩子呢？當然是越多越好！因為古代環境衛生、醫療水準較差，造成嬰幼兒的夭折率高，是以能生就盡量多生，因此眾親友才以蝗蟲的超強生育率來比擬祝賀；猶如今人所言「生一拖拉庫（卡車）」或「生一支棒球隊」一樣，都是較

詩經學堂

1. 螽斯：蝗蟲，多產之昆蟲。
2. 詵詵、薨薨、揖揖：數量眾多，拍翅之聲響亮。
3. 振振、繩繩：綿延不絕貌。
4. 蟄蟄：和樂。

 你一定不知道

中國人喜歡有吉慶寓意的花、果和動物，例如：瓜瓞綿綿，比喻子孫繁衍；石榴因果實多，有多子多孫的吉祥義；用紅棗、桂圓構成吉祥圖案，取其諧音慶賀人早生貴子；蝙蝠、桂花表示福增貴子；清純的蓮花與桂花、桂樹構成的圖案也廣受喜愛，有連生貴子的吉慶寓意。

誇張的說法。

三、祈求「傳宗接代」的民俗

自古便有很多婚禮習俗，都是為了幫助新人早生貴子。例如唐代婚俗，新娘要進夫家大門時，男方會將布袋鋪在地上，新娘已踩過的袋子，又被迅速傳到前方鋪在地上，叫「傳袋（代）」，取傳宗接代的吉兆；也有將袋子改為草席，因「傳席」為「傳襲」之諧音。富貴人家嫌布袋、草席簡陋不好看，改以彩色毛氈縫成袋狀鋪地，白居易〈和春深〉：「何處春深好，春深嫁女家。青衣傳氈褥，錦繡一條斜。」成為今日婚禮走紅毯的雛型。

然古代宗法社會中，男丁才是家族的繼承者，因此重男輕女。舊時婚禮，新娘要踩破瓦片，便是希望生男，故以此舉避免「弄瓦」（生女）之意。

四、本詩意旨——家和萬事興

家族中雖人丁興旺，也需要彼此團結合作，才能家和萬事興；否則禍起蕭牆，不待外人欺侮，自家便因手足相殘而分崩離析，故〈周南·螽斯〉最末章的期許是「宜爾子孫，蟄蟄兮」，便是期許家族子孫能和樂團結，共振家業。

✒ **文學書房**

「傳席」與「傳袋」
之記載
元代陶宗儀《輟耕錄·傳席》：「今人家娶婦，輿轎迎至大門，則傳席以入，弗令履地。」
清代王棠《知新錄·傳代》：「令新婦步袋上，謂『傳袋』。」

✒ **文學書房**

生男生女的別稱
《幼學瓊林·老壽幼誕類》：「生男曰弄璋，生女曰弄瓦。」

五、延伸閱讀

　　《詩經》中亦有其他篇章與〈周南·螽斯〉意義相近，均是祝賀早生貴子之歌詩，如〈周南·麟之趾〉：

　　　麟之趾，振振公子。于嗟麟兮！
　　　麟之定，振振公姓。于嗟麟兮！
　　　麟之角，振振公族。于嗟麟兮！

【白話譯文】

　　麒麟的腳趾尖銳有力，恭喜你家喜獲麟兒啊！希望這個孩子以後可以榮耀他自身。麒麟的額頭寬廣方正，恭喜你家喜獲麟兒啊！希望這個孩子以後可以讓他的同姓之人同感榮耀。麒麟的頭角崢嶸，恭喜你家喜獲麟兒啊！希望這個孩子以後可以讓他的同族之人備感光榮。

　　〈周南·麟之趾〉是以傳說中的瑞獸來形容新生兒的與眾不同且為父母家族帶來祥瑞，用以祝賀親友生子，並希望孩子日後能夠振興家族、光耀門楣，並流傳為成語「喜獲麟兒」。

　　另一篇則是〈唐風·椒聊〉：

　　　椒聊之實，蕃衍盈升。彼其之子，碩大無朋。
　　　椒聊且，遠條且。
　　　椒聊之實，蕃衍盈匊。彼其之子，碩大且篤。
　　　椒聊且，遠條且。

【白話譯文】

　　花椒的果實繁衍眾多，多到滿出容器了！祝福你的孩子長大後也像你一樣高大俊秀又個性敦厚。

詩經學堂

1.趾：腳趾。
2.振振：興盛
3.于ㄐㄩ嗟：吁嗟，讚嘆聲。
4.麟之「定」：額頭。

詩經學堂

1.椒聊之實：花椒的果實。
2.蕃衍盈升：李時珍《本草綱目》：「秦椒，花椒也。始產於秦，今處處可種，最易蕃衍。」「盈升」，指收成的花椒滿出升斗量器。
3.碩大無朋：碩大無比。高大俊美、無人能比。
4.遠條且：枝條蔓延長遠。「且」，句末助詞，無義。
5.盈「匊ㄐㄩ」：掬，用雙手捧取。
6.篤：個性淳厚。

花椒的果實眾多、枝條繁盛，祝你如同花椒一樣，子孫綿延不絕啊！

〈唐風‧椒聊〉不僅讚美友人高大英俊、個性篤厚，更借用了椒聊容易繁衍，只要種下一顆，便能長出滿升滿掬的果實之特性，以祝福對方子嗣繁多。

六、今日臺灣求子婚俗

現今社會中雖然不像古代那麼強調「多子多孫多福氣」，但已婚夫妻多數仍希望生兒育女，因此傳統臺灣便存在的許多求子婚俗，至今在婚禮中仍然可見，例如六禮中要有「紅棗、花生、桂圓與瓜子（或蓮子）」四種乾貨，取「早生貴子」之諧音；嫁妝中要準備十二類植物種子表示「多子」。近年來政府舉辦之聯合婚禮亦有送「鏟子」以諧音「產子」之吉兆。如2012年11月6日，新北市政府民政局舉辦聯合婚禮時，便贈送每對新人一把象徵「緊產子」的金鏟子，承辦人員還特地先將金鏟子拿到全臺灣唯一主祀註生娘娘的三芝玉仙宮舉行「金鏟子加持法會」，希望註生娘娘加持庇祐，讓拿到金鏟子的新人都能「早生貴子」。金鏟子伴手禮是依照風水魯班尺吉數製作，全長69公分代表富貴，紅色握柄象徵鴻運當頭，中段原木16.2公分象徵添丁，桿上別有紅色彩帶，並印有「增產報國、早生貴子」字樣，以祝福所有新人都盡快能有好孕兆。

別覺得我出現在婚禮會場很奇怪，我可是有「緊產子」的涵義呢！

本詩描述一位貴族之妻滿懷歡喜，準備回娘家的心情。

1-6 歸寧娘家〈周南・葛覃〉

今人唱著「背起了小娃娃，回呀回娘家」，其實《詩經》中也記載了兩千年前的婦女回娘家的喜悅喔！

一、品味原文

葛之覃兮，施于中谷，維葉萋萋。黃鳥于飛，集于灌木，其鳴喈喈。

葛之覃兮，施于中谷，維葉莫莫。是刈是濩，爲絺爲綌，服之無斁。

言告師氏，言告言歸。薄汙我私，薄澣我衣。害澣害否？歸寧父母。

【白話譯文】

山谷中的葛草到處蔓生，我思念娘家父母的情感就像是葛草的葉子一樣茂盛。一群黃鳥飛到灌木叢上喈喈鳴叫，鳥團圓了，人卻未團圓。割下了葛草濩煮成纖維，織成葛布，夏天穿起來涼爽又舒服。我開心地通知服侍我的女官，告訴她我要回娘家啦！先清洗好我的內外衣物再裝進行囊，哪些衣服應該先洗呢？我終於可以回娘家見父母了！

二、談古代的「回娘家」

古代父系社會重男輕女，出嫁的女兒被視爲「潑出去的水」，要回娘家成爲一件大事，較爲人所知的是民間大年初二才能回娘家的習俗。

詩經學堂

1. 葛：蔓生之草，可織葛布。
2. 覃、施：皆「蔓延生長」之意。
3. 萋萋、莫莫：茂盛貌。
4. 刈：割。濩：煮。
5. 絺：細葛布。
   綌：粗葛布。
6. 服之無斁：穿起來很舒服。
7. 師氏：女官，任保母之職。
8. 薄汙我私：清洗我的貼身衣物。
9. 害：何。
10. 歸寧：回娘家向父母請安。

文學書房

「集」的古文寫作「雧（雧）」，表示三隻小鳥聚集在樹上的樣子。

在古代的貴族皇家，「回娘家」更是充滿繁文縟節與嚴格的規定，例如經典小說《紅樓夢·第十八回》：

「賈政方擇日題本。本上之日，奉硃批准奏：『次年正月十五上元之日，恩准賈妃省親。』至十五日……各處點燈。方點完時，忽聽外邊馬跑之聲。一時，有十來個太監都喘吁吁跑來拍手兒。這些太監會意，都知道是『來了，來了』，各按方向站住。賈赦領合族子姪在西街門外，賈母領合族女眷在大門外迎接。……八個太監抬著一頂金頂金黃繡鳳版輿，緩緩行來……（賈妃）至賈母正室，欲行家禮，賈母等俱跪止不迭。賈妃滿眼垂淚，方彼此上前廝見，一手攙賈母，一手攙王夫人，三個人滿心裡皆有許多話，只是俱說不出，只管嗚咽對泣。邢夫人，李紈，王熙鳳，迎、探、惜三姐妹等，俱在旁圍繞，垂淚無言。半日，賈妃方忍悲強笑，安慰賈母、王夫人道：『當日既送我到那不得見人的去處，好容易今日回家娘兒們一會，不說說笑笑，反倒哭起來。一會子我去了，又不知多早晚才來！』說到這句，不禁又哽咽起來。邢夫人等忙上來解勸。……眾人謝恩已畢，執事太監啟道：『時已丑正三刻，請駕回鑾。』賈妃聽了，不由的滿眼又滾下淚來。卻又勉強堆笑，拉住賈母，王夫人的手，緊緊的不忍釋放，再四叮嚀：『不須挂念，好生自養。如今天恩浩蕩，一月許進內省視一次，見面是盡有的，何必傷慘。倘明歲天恩仍許歸省，萬不可如此奢華靡費了！』」

你一定不知道

每年農曆元月初二是中國人回娘家的日子，祖先流傳下來的習俗規定大年初一禁止回娘家，除夕夜更萬萬不能，原因包括：1.人們相信仙逝的老祖先到了年底，會從天上回到陽間享子孫的祭祀供奉，如果看到家裡有外人，會不肯進門。古代認為嫁出去的女兒冠夫家的姓，形同外人。2.女兒若常回娘家，夫家人擔心把錢送往娘家，胳膊往外彎。3.在傳統觀念裡，嫁出去的女兒若在除夕夜回來，八成婚姻觸礁，不然團圓夜怎麼沒圍爐守夜？至於大年初一不能回娘家，還有一種說法，怕新年的第一天被回娘家的女兒吃窮了。第一天就跑回來，可能被休妻，以後要長住娘家。這些都是重男輕女的時代所產生的陋俗。

　　由這段記載可知賈寶玉的姐姐賈元春嫁入皇室，貴爲皇妃，但她連要回娘家都無法自己開口做主，必須先由她的父親賈政循官方模式上書請求皇帝恩准，方能在元宵節當天返家省親；而且來去匆匆，點燈的戌初時分（晚上七點多）才由皇宮出發，丑正三刻（凌晨一點四十五分）便要返回宮中。而省親時身邊圍繞著許多宮娥太監，想跟家人私下說幾句體己話也難；想到此番回宮，下次歸寧探親之日又是遙遙無期，是以臨別之時，「賈母等已哭的哽噎難言了。賈妃雖不忍別，怎奈皇家規範，違錯不得，只得忍心上輿去了。」

 **你一定不知道**

雖然古代婦女都十分期盼回娘家歸寧父母，但也有一種十分不得已的回娘家，稱爲「大歸」，也就是丈夫死後，婦女因無子嗣而在夫家沒有地位，被夫家人嫌棄而趕回娘家，再也不能回夫家了。如《左傳·文公十八年》：「夫人姜氏歸于齊，大歸也。將行，哭而過市曰：『天乎，仲爲不道，殺適立庶。』市人皆哭，魯人謂之哀姜。」杜預〈注〉：「夫死、子殺、賊人立，無所歸留，故去也。」這段歷史是敘述魯文公和太子子赤在政變中被臣子東門襄仲所殺，魯文公的夫人姜氏（也是太子子赤的生母）在魯國再無依靠，於是被新上任的魯宣公（次妃敬嬴之子）強迫送回齊國。

三、本詩意旨

〈周南・葛覃〉的內容是描述一位春秋時代貴族階級的大夫之妻，即將返回故國探視父母，心中洋溢著喜悅之情。

春秋時代，各國諸侯間常以聯姻方式來鞏固外交，各國公主一旦出嫁後，爲了防止洩露夫家國度的政治或軍事機密，天子和諸侯（國君、卿）的夫人除非被休棄，否則終生無法再返回父母之國。而大夫之妻，因爲丈夫官職較低，所牽涉的國家機密較少，所以每年可以返回故鄉探親一次。故何休《春秋公羊傳・莊公二十七年・疏》：「諸侯夫人尊重，既嫁，非有大故，不得反。唯自大夫妻，雖無事，歲一歸宗。」

本詩的首、次段先描述這位大夫之妻因想念家鄉父母、心情鬱悶而到郊外散心，看到黃鳥聚集於樹而聯想到自己無法與娘家父母團聚，因此心中更加哀傷。第三段得知自己可以回娘家了，心情轉爲雀躍，先是開心地與服侍自己的女官分享這個喜訊，然後趕緊去收拾行李，並盤算著，要穿戴哪些衣服回娘家，才能讓父母看到最光鮮亮麗的自己，要藉此讓父母知道自己在夫家過得很好，希望年邁的雙親不要常常掛念擔心遠嫁的自己。

文學書房

「歸寧」的「歸」是「返鄉」之意，「寧」是「請安」之意，「歸寧」原本是「回家向父母請安問好」；〈周南・葛覃〉之後，「歸寧」就變成了女子回娘家之代稱；民間又稱之爲「回門」、「作客」或「返外家」。「歸寧宴」，則是指在婚後第二日或第三日，新婚夫妻攜帶禮物到女方家裡省親探訪，新娘父母於此時亦須設宴邀請女方親友前來喝喜酒。由於此次宴客的主角是新女婿，所以民間又俗稱「歸寧宴」爲「請女婿」。

有賢明的王后是國家百姓之福祉。

1-7 喜得賢內助〈齊風・雞鳴〉

「老公，快起床了！不然上班要遲到了！」且看兩千年前，《詩經》中的賢妻，如何喚醒賴床的國君丈夫！

一、品味原文

雞既鳴矣，朝既盈矣。匪雞則鳴，蒼蠅之聲。

東方明矣，朝既昌矣。匪東方則明，月出之光。

蟲飛薨薨，甘與子同夢；會且歸矣，無庶予子憎！

【白話譯文】

王后說：「雞在叫了！開朝會的大臣都到了。」國君說：「我沒有聽到雞叫，那一定是蒼蠅嗡嗡的聲音。」

王后說：「太陽出來了，天都亮了，大臣都在等你上朝！」國君說：「那不是太陽的光芒，是月光！」

王后說：「萬物都醒了，連小蟲子都醒來嗡嗡叫了，其實我心裡也想要陪你賴床睡回籠覺！但是大臣們等不到你，就要散會回家了，我不希望你因此而遭到臣子的怨恨啊！」

二、國有賢后為社稷之福

《梁書・武帝紀下》：「詔曰：『經國有體，必詢諸朝，所以尚書置令、僕、丞、郎，旦旦上

> **詩經學堂**
>
> 1.朝既盈矣：來上朝的大臣已經擠滿大殿了。
> 2.薨薨：蟲鳴之聲。
> 3.會且歸矣：來參加朝會的大臣要散會回去了。
> 4.無庶予子憎：不希望你遭到臣子的怨恨。

雞在叫了，快起來開朝會！

朝,以議時事,前共籌懷,然後奏聞。』」古代的
「早朝」是官員在清晨進入朝廷,向國君彙報問
題、提出建言、商討政事的重要時間。通常是清晨
五、六點就開始舉行會議,大約八、九點散朝後文
武百官再回到衙門辦公,有些住得較遠的官員擔心
遲到受罰,甚至要在凌晨三點左右就起床準備進
宮,才趕得及清晨五點的早朝。有時太早到,宮門
還沒開,明代高啓的〈早至闕下候朝〉:「月明立
傍御溝橋,半啓宮門未放朝。」就是描述大臣在暗
夜裡邊吹寒風、邊等待宮門開啓的窘況。

　　然而,人人皆有惰性,特別是寒流到來的冬
夜,任誰都想在溫暖的被窩中多待一會兒;這首詩
便是描述齊國國君某日清晨想賴床不去參加早朝,
但王后勸告他不可如此,要趕緊起床整裝上朝,以
免遭到臣子的埋怨忌恨。

　　試想不論風雨再大、天氣再冷,臣子們都能排
除萬難前來上朝了,若國君縱於安逸、輕易罷朝,
必然會在臣子心目中留下「昏君」的負面印象。國
君經王后提醒,應會有所警惕,不敢再輕忽怠慢。

　　俗話說:「妻賢夫禍少」,一般百姓人家若
得賢妻,則為丈夫打拼事業之背後支柱;一國若有
賢后,亦能時時規勸國君避免錯誤決策。例如唐太
宗敬重長孫皇后、尊賢臣而開創貞觀之治;唐玄宗
卻因迷戀楊貴妃而安逸放縱,甚至「春宵苦短日高
起,從此君王不早朝」,最後導致安史之亂。同是
大唐盛世,兩位君主之歷史評價卻完全不同,可見
國有賢后確實為社稷百姓之福。

文學書房

1. 賢德的長孫皇后
《資治通鑑・唐紀
十》:太宗罷朝,
怒曰:「會須殺此
田舍翁。」后問為
誰,曰:「魏徵每
庭辱我。」后退具
朝服,立于庭,上
驚問其故。對曰:
「妾聞主明臣直,
今魏徵直,由陛下
之明故也,妾不敢
不賀。」上乃悅。

2. 唐玄宗迷戀楊貴妃
記載
白居易〈長恨歌〉:
「雲鬢花顏金步
搖,芙蓉帳暖度春
宵。春宵苦短日高
起,從此君王不早
朝。」

三、延伸閱讀──〈鄭風·女曰雞鳴〉

《詩經》中另一篇〈鄭風·女曰雞鳴〉內容與本篇非常相似，但〈女曰雞鳴〉的主角是一對文武雙全的平民夫妻，可能是丈夫不願在亂世中爲官，因而帶著妻子歸隱鄉間、打獵維生。妻子對粗茶淡飯的生活始終無怨無悔。某天，或許是天氣特別寒冷，丈夫賴床了；妻子婉言相勸，要丈夫快去打獵，晚上才有下酒菜可吃。丈夫後來反省，也知道自己錯了，偷偷存錢買了一塊玉珮送給妻子，感謝妻子長久以來的支持。這也是一首相當動人的詩篇：

女曰：「雞鳴。」士曰：「昧旦。」「子興視夜！」「明星有爛。將翱將翔，弋鳧與鴈。」

「弋言加之，與子宜之。宜言飲酒，與子偕老。琴瑟在御，莫不靜好。」

「知子之來之，雜佩以贈之。知子之順之，雜佩以問之。知子之好之，雜佩以報之。」

【白話譯文】

妻子說：「雞叫了！」丈夫說：「天還沒亮呢！」妻子說：「你起來睜開眼睛看看，天已經亮了！」丈夫說：「那是星星在發光，等天眞的亮了，我再出去打獵射雁。」

妻子說：「你快去打獵吧，今天一定會滿載而歸，我幫你把獵物煮成佳餚，配一壺好酒！我們就過著這樣與世無爭的生活，有如琴瑟和鳴一般，平安幸福、相守到老。」

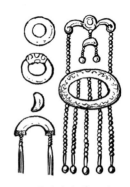

古代成組的玉珮

丈夫說：「老婆，我偷偷存錢買了這塊玉珮送給妳，感謝妳一直陪在我身邊，對我這麼好！」

四、現代賢妻

現代社會中，亦有不少賢內助以溫柔堅定的力量成為丈夫最強的支柱，例如曾經家喻戶曉、紅極一時的阿忠布袋戲團長陳漢忠，在他最風光的時候，所有的電視頻道都能看見他的演出。但後來觀眾的喜好改變，阿忠因節目收視不佳逐漸淡出電視圈；也因為長時間處在嘈雜的鑼鼓環境下，阿忠的聽力受損退化，陷入人生低潮。幸好阿忠有個賢內助——阿萍，她的扶持讓阿忠得以正面迎向人生。除了生活照料外，阿忠聽力不好，阿萍就扛起對外聯繫工作；阿萍也是陳漢忠事業上的好幫手，阿忠在前臺演出，阿萍則在舞臺後方負責音效；平時夫妻一同看新聞、綜藝節目以尋找編劇靈感，希望能夠早日東山再起、開創事業第二春。又，旅日棒球好手陽岱鋼也曾在返臺記者會上大方向妻子謝宛容告白，感謝妻子從他默默無名時便一路扶持，讓他能無後顧之憂，專心在日本職棒的競技場上拚成績；因此他要創下更多輝煌紀錄，以實際行動感謝妻子多年來的支持與照顧。

雜珮

有個賢內助真的很重要！

本詩描述一位心靈手巧的夫人，熬夜爲夫君修補衣衫的賢慧溫柔。

1-8 爲君補衣〈鄭風・緇衣〉

「纖纖擢素手，札札弄機杼」，在《詩經》時代，親手爲夫君製裳補衣是一件最浪漫的事！

一、品味原文

緇衣之宜兮，敝，予又改爲兮。適子之館兮，還，予授子之粲兮。

緇衣之好兮，敝，予又改造兮。適子之館兮，還，予授子之粲兮。

緇衣之蓆兮，敝，予又改作兮。適子之館兮，還，予授子之粲兮。

【白話譯文】

我親手爲你縫製的緇衣，你穿起來大方、好看又合身。如果穿破了，我會幫你縫補；等你下朝回來，就能還給你一件亮麗如新的衣服。

二、一絲一縷針線情

古代人的衣服鞋子，都是家中女眷親手製作的；較有錢的人家會養個「針線娘」幫忙，但大家閨秀也要學習針黹女工之事。例如張愛玲小說〈鴻鸞禧〉提到新嫁娘玉清想買一雙繡花鞋來搭配旗袍，但是未來的婆婆自願爲她縫製，她的小姑二喬便提到：「其實家裡現放著個針線娘姨，叫她趕一雙，也沒有什麼不行。」可見直到民國初年，大戶

詩經學堂

1. 緇衣：黑衣。古代卿士的一種正式禮服。
2. 宜：合適。
3. 敝：破了。
4. 粲：鮮明華美。
5. 適子之館：等你回家。
6. 改爲、改造、改作：皆爲「修改、縫補」之意。
7. 蓆：《爾雅・釋詁》：「蓆，大也。」即「大方」之意。

古代女子不分貧富都要精熟女紅哦！

人家中仍有「針線娘」，然夫人小姐有時也會自己動手，替親近之人製作衣鞋。又例如《紅樓夢·第三十二回》描寫皇親國戚的賈府內雖養著許多「針線娘」，但史湘雲仍在襲人要求下，親手替賈寶玉做鞋子的片段：

　　史湘雲笑道：「這又奇了，你家放著這些巧人不算，還有什麼針線上的、裁剪上的，怎麼叫我做起來？你的活計叫誰做，誰好意思不做呢？」襲人笑道：「你又糊塗了。你難道不知道我們這屋裡的針線，是不要那些針線上的人做的。」史湘雲聽了，便知是寶玉的鞋了，因笑道：「既這麼說，我就替你做了罷。」

　　通常古代男子成婚之前，衣鞋都由母親親手縫製，例如孟郊〈遊子吟〉：「慈母手中線，遊子身上衣；臨行密密縫，意恐遲遲歸。誰言寸草心，報得三春暉。」便是描述母親為即將出遠門的兒子趕製行裝的慈愛之情。而男子成婚後，便由妻子替丈夫縫製衣裳。

　　「緇衣」是卿士所穿的黑色朝服，由此可知本詩中的男主角為貴族身分，但他的朝服仍由妻子親手縫製；而妻子善於女紅，將緇衣裁製得大方得體又合身，因此丈夫愛不忍釋，上朝時總是穿著這件禮服。久而久之，必有綻線、破損之痕跡，體貼的妻子觀察到了，細心地替丈夫縫補好，希望明天丈夫仍能穿著得體去上朝。看似平淡的文字之中，卻流露出夫妻深厚的情感與妻子的溫柔賢慧。

我的手藝這麼好，丈夫穿上這身衣服一定很帥！

三、古典文學中的「針線情」

　　〈鄭風・緇衣〉之後，也有許多文學作品運用「針線傳情」的手法來象徵夫妻之情，以下將介紹三首：

（一）庾信〈詠畫屏風詩〉

搗衣明月下，靜夜秋風飄；
錦石平砧面，蓮房接杵腰。
急節迎秋韻，新聲入手調；
寒衣須及早，將寄霍嫖姚。

【白話譯文】

　　就著月色趕製寒衣，一夜寂靜只聽見秋風吹拂。我來到蓮花池旁，以大石為砧，用杵搗打著剛做好的衣服，將它清洗乾淨。急急忙忙中秋天已經接近尾聲，手邊清洗捶打衣服的聲音有如一首新奇的曲調。我終於在冬季來臨前就做好寒衣，要寄給在前線戍守的你。

　　本詩是藉由妻子口吻，敘述秋天已到，因此連夜趕工，要在北風吹起之前，趕快縫製好冬衣，寄給正在前線的丈夫，免得他受了風寒。

（二）白居易〈冬至夜〉

三峽南賓城最遠，一年冬至夜偏長。
今宵始覺房櫳冷，坐索寒衣託孟光。

【白話譯文】

　　長江三峽沿岸一帶，南賓郡離熱鬧的都城最遠，我來到南賓視察，轉眼已是晝短夜長的冬至

詩詞學堂

1. 搗衣：以杵捶擊衣物清洗乾淨。
2. 蓮房：蓮的花托上部倒圓錐形的部分，蓮子便生於其中。
3. 急節：急忙。
4. 霍嫖姚：漢代霍去病曾擔任「嫖姚校尉」，故被尊稱為「霍嫖姚」，後來「嫖姚」或「霍嫖姚」成為詩詞中對「將軍」、「將士」的代稱。

詩詞學堂

1. 南賓：西元818年12月，江州司馬白居易被朝廷調升為忠州刺史。當時忠州管轄臨江、南賓、豐都、墊江、桂溪五個縣，其中南賓縣地處南山之內。
2. 房櫳：窗櫺。
3. 坐索：守候以索討。
4. 孟光：孟光是漢代隱士梁鴻的妻子，貌醜而賢慧，舉案齊眉以事夫，夫婦相敬如賓。後來「孟光」便成為「賢慧妻子」的代稱。

了；今晚起，我忽然感覺窗外天氣變冷，因此寫信請妳替我製作冬衣寄來。

　　白居易此詩描述自己獨自離家任官，在冬至夜裡感到十分寒冷，於是寫家書希望妻子能幫他縫製冬衣寄來。因為在此時，冬衣不僅能夠抵禦風雪的寒氣，還象徵夫妻之間的情深意重與濃厚的關懷，因此能夠溫暖人心，意義格外不同。

（三）李商隱〈悼傷後赴東蜀辟，至散關遇雪〉

　　劍外從軍遠，無人與寄衣。

　　散關三尺雪，回夢舊鴛機。

【白話譯文】

　　獨自來到蜀中地區參軍，冬天時再也沒有人會幫我寄來綿衣。散關最近雪深三尺，我只能在寒冷的夜裡，在夢中回憶過去你織布為我製作冬衣的情景。

　　本詩是李商隱感傷妻子死後，再也無人替他裁製冬衣，他在冬夜裡只能默默忍受寒冷、孤獨睡去，並在夢中思念當年妻子在機杼上替他織布、準備製作冬衣的身影。李商隱以此詩抒發妻子死後，他孤獨一人身居異鄉，再也無人關懷的悲傷心情；相較於身體之寒冷，內心的淒涼與落寞應是更加沉重。

詩經學堂

1. 劍外：地名。唐時稱劍門以南的蜀中（四川）地區為「劍外」。
2. 散關：地名。在陝西省寶雞縣西南大散嶺上，為秦、蜀交通的孔道。
3. 回夢：在夢中回到過去。
4. 鴛機：妻子的織布機。

此詩描述古人歸隱鄉林，樂於農作的景象。

1-9 農閒之樂〈魏風·十畝之間〉

現代都市人流行退休後到鄉下種菜養老，其實〈魏風·十畝之間〉便已記載歸隱田園的生活了！

一、品味原文

十畝之間兮，桑者閑閑兮。行，與子還兮。

十畝之外兮，桑者泄泄兮。行，與子逝兮。

【白話譯文】

在我的十畝田裡，採桑的農人們都怡然自得！日落了，走吧，我們一起回家吧！

在鄰人的十畝田裡，採桑的農人們都舒緩悠閒！日落了，走吧，我們一起回家吧！

二、談賢人歸田園居

春秋時代時局動盪，各國之間互相吞併攻伐、戰亂不斷。國君只想著要富國強兵以擴張霸權；想施行仁義之道的賢臣往往有志不得伸，在既不願違背道德理想，也不願意助紂為虐的兩難下，只好選擇辭官歸於田園，本詩的內容便是描述賢者歸隱鄉間後，過著「晨興理荒穢，帶月荷鋤歸」的田園生活，親自下田勞動的生活雖然辛苦，但心情卻是怡然自得的。故朱熹《詩集傳》曰：「政亂國危，賢者不樂仕於其朝，而思與友歸於農畝。」三國時代，水鏡先生司馬徽亦避亂於鄉間種桑，即使是龐

詩經學堂

1.十畝之間：在我自己的十畝田裡。

2.閑閑：怡然自得的樣子。

3.與子「還」兮：歸。

4.十畝之外：在我自己的十畝田之外，指鄰人的田。

5.泄泄：舒緩悠閒的樣子。

6.逝：往。

文學書房

龐統訪水鏡

《三國志·蜀書·龐統、法正傳》：「穎川司馬徽清雅有知人鑒，（龐）統弱冠往見徽，徽采桑於樹上，坐統在樹下，共語自晝至夜。」

統來見他，他也因採桑而不下樹，兩人便如此徹夜長談，由此可看出龐統的敬賢和司馬徽的風骨。

三、把酒話「桑麻」

古代中國最重要的農作物有二，一爲稻麥，一爲桑麻。稻麥爲漢人的主要糧食，桑葉可養蠶取絲、麻可織爲麻布；稻麥與桑麻正象徵人民對於豐衣足食的期待，如元明雜劇〈浣花溪・第一折〉所敘述：「端的五穀收成，足食豐衣，更有那桑麻萬里，有糧食戶戶堆積。」田園詩中也常出現「桑麻」，例如南朝江淹〈陶徵君〉：「但願桑麻成，蠶月得紡績。」唐代孟浩然〈過故人莊詩〉：「開軒面場圃，把酒話桑麻。」宋代陸游〈自遣詩〉：「數畝桑麻伴老農。」「桑麻」一詞已成爲「農事」之代稱。

稻麥是中國人主要的農作物之一

四、延伸閱讀

《詩經》中的〈衛風・考槃〉，也是一首描寫隱士能無入而不自得之詩：

　　考槃在澗，碩人之寬。獨寐寤言，永矢弗諼。
　　考槃在阿，碩人之薖。獨寐寤歌，永矢弗過。
　　考槃在陸，碩人之軸。獨寐寤宿，永矢弗告。

【白話譯文】

一邊敲打著盤子唱歌，一邊走過山澗、丘陵和平原。他是一個心懷坦蕩、體態舒泰、自由自在之人。雖然獨居，卻不寂寞，山林裡的萬物都是他說

詩經學堂

1. 考：扣，以指節敲之。

2. 槃：盤。

3. 澗：兩山間的流水。

4. 寤言：一直說話不間斷。

5. 永矢弗諼（ㄒㄩㄢ）：永誓不忘。

6. 考槃在「阿」（ㄜ）：丘陵、大土丘。

7. 薖：寬大之貌。

8. 永矢弗「過」：過去之事。

9. 軸：「由」之假借。自由自在的樣子。

10. 永矢弗「告」：告訴他人。

話、唱歌的對象；累了，他便在山中席地而眠。他會一直記得心靈自由的美好，永遠不忘。

五、人物看板──田園詩人陶淵明

〈魏風‧十畝之間〉描述了歸隱田園之樂，後世的文人中，陶淵明則被尊以「田園詩人」之美號，他的〈歸園田居〉與〈魏風‧十畝之間〉詩旨十分相近：「少無適俗韻，性本愛丘山，誤落塵網中，一去三十年；羈鳥戀舊林，池魚思故淵，開荒南野際，守拙歸園田。方宅十餘畝，草屋八九間，榆柳蔭後簷，桃李羅堂前。曖曖遠人村，依依墟里煙，狗吠深巷中，雞鳴桑樹顛，戶庭無塵雜，虛室有餘閒，久在樊籠裡，復得返自然。」

陶淵明為東晉人，早年曾任江州祭酒、鎮軍參軍、建威參軍及彭澤縣令等職，因當時政治黑暗，「不為五斗米折腰」而辭官隱居、寄情田園。這首〈歸園田居〉便是描寫他由「誤落塵網（官場）」到「守拙歸園田」的經過，與〈魏風‧十畝之間〉有異曲同工之妙。

六、現代人的田園樂

現代都市地狹人稠、生活步調忙碌緊張，因此許多人在退休之後，均規劃到鄉下種田養老，享受田園生活；在親近泥土的同時，也能呼吸新鮮空氣、放慢生活步調，讓身心都得到真正的舒適與放鬆。

例如有位臺南市南安國小的張春琦校長，因為

文學書房

歸隱田園的身體辛勞與心靈閒適

陶淵明〈歸園田居之三〉：「種豆南山下，草盛豆苗稀。晨興理荒穢，帶月荷鋤歸。道狹草木長，夕露沾我衣。衣沾不足惜，但使願無違。」

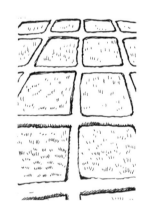

人們把田地劃成一格一格，除了方便耕種、巡田、灌溉外，徵稅時好用來計算田地面積。用來劃分田界的田間小路，東西為「阡」，南北為「陌」。

父親年邁，無法再照顧果園，他不忍心見父親半生的心血荒蕪，便申請提早退休，回到玉井老家「繼承父業」照顧果園。果園裡種了十多種芒果、芭樂和香蕉，張春琦自信地說，他從還是國小學生時，每逢假日便在果園裡當父親的幫手、種水果他可不外行；而且因為鄉下的好山好水好空氣，加上天天勞動、作息規律，因此他的身體越來越健康了。

每到年底，各公司行號都會舉辦尾牙以犒賞員工，你知道三千年前的宮廷裡就已經開始舉辦「尾牙」了嗎？

1-10 我有嘉賓〈小雅‧鹿鳴〉

本詩記載周天子在年底宴請諸侯，不僅有歌舞佳餚，更有好禮大放送的歡樂場面。

一、品味原文

呦呦鹿鳴，食野之苹。我有嘉賓，鼓瑟吹笙。吹笙鼓簧，承筐是將。人之好我，示我周行。

呦呦鹿鳴，食野之蒿。我有嘉賓，德音孔昭。視民不恍，君子是則是傚。我有旨酒，嘉賓式燕以敖。

呦呦鹿鳴，食野之芩。我有嘉賓，鼓瑟鼓琴。鼓瑟鼓琴，和樂且湛。我有旨酒，以燕樂嘉賓之心。

【白話譯文】

一群鹿「呦呦」地叫著，和樂地分享著原野上的青草。今日我邀請了眾多嘉賓，在會場上設辦了美酒佳餚供大家享用，不僅有琴瑟笙鼓的樂隊表演，還準備了幣帛彩禮要讓大家帶回去。希望嘉賓都能感受到我的誠意，賓主盡歡。

二、「尾牙」溯源

〈小雅‧鹿鳴〉是天子宴饗群臣時所唱的詩歌，內容反映出君臣和睦、賓主盡歡的雍容氣象。周代疆域遼闊，故採封建制度，將天下分封給王室

詩經學堂

1. 苹、蒿、芩：均為野草之名。
2. 承筐是將：放在竹筐內的幣帛都是要贈送賓客的禮物。
3. 德音孔昭：嘉賓都是名聲顯赫之人。
4. 視民不恍：指嘉賓（諸侯）平時管理百姓，態度莊重不輕恍。
5. 是則是傚：指嘉賓的言行舉止都值得效法。
6. 旨酒：美酒。
7. 式燕以敖：歡樂且自在。

宗親及開國功臣分治管理。每年秋冬之際,各地收成之後,政事較為閒暇之時,天子會召集各地諸侯歸返王畿,設宴款待以酬謝諸侯一整年的辛勞。宴會中準備了美酒佳餚,還有樂舞助興,甚至還以大籮筐裝滿金銀幣帛,在宴會後分贈諸侯帶回。處處設想周到,就是希望嘉賓都能乘興而來、盡興而歸。

後來由宮廷流傳到民間,便成為各行各業每年到了年底,老闆設宴犒賞員工的習俗。早年臺灣的民間都是老闆在農曆12月16日準備一桌酒菜宴請夥計;現在經濟起飛、民生富裕,許多大企業甚至包下體育館,請來飯店名廚外燴,邀請藝人歌手登臺表演獻唱,酒足飯飽之後還準備現金、股票及各種獎品供員工摸彩,看似創新,其實均不離《詩經·小雅·鹿鳴》之記載。

三、相關詞彙

自〈小雅·鹿鳴〉之後,「鹿鳴」已成為天子或官員款待嘉賓的代名詞,例如唐朝時,鄉試放榜後次日,會由地方官員和主考官作東,為新科舉人設宴慶祝,眾人在宴席中合唱〈小雅·鹿鳴〉之詩,故取名為「鹿鳴宴」,明清時代沿用「鹿鳴宴」傳統,直到清朝末年取消科舉為止。

而日本在明治天皇時代,曾於東京興建一幢磚式二層洋樓以款待歐美外賓並推廣西洋文化,宴會館取名「鹿鳴館」,亦是引據《詩經·小雅·鹿鳴》表示歡迎貴賓之意。

本詩描述一對朋友，藉由禮物來傳情達意，希望友誼常存。

1-11 禮尚往來〈衛風‧木瓜〉

從小到大，你我收過多少禮物？又送出過多少禮物呢？藉由這首詩篇可了解「禮物」真正的意義與價值。

一、品味原文

投我以木瓜，報之以瓊琚。匪報也，永以爲好也。

投我以木桃，報之以瓊瑤。匪報也，永以爲好也。

投我以木李，報之以瓊玖。匪報也，永以爲好也。

【白話譯文】

你送我一顆木瓜（桃子、李子），我回贈給你一塊玉珮。這不是單純回報禮物，而是希望美好的情誼可以長久延續。

二、談「禮物」的由來

自古以來，人便會在心中產生對他人的好感，並想向對方示好；但情感是抽象的，必須透過實際的物品來傳達，因此便將自己身邊最美好的物品送給對方，希望藉此傳達自己的善意或真情，這就是「禮物」的由來。漁獵時代的「禮物」，可能只是一朵美麗的鮮花或是一枚漂亮的貝殼，但如果對方收到後因此而高興喜悅，那麼就算達到以「禮」傳「情」的目的了。

詩經學堂

1. 投：贈送。
2. 木瓜、木桃、木李：均爲水果，亦可泛指各類農產品。
3. 瓊琚、瓊瑤、瓊玖：美玉。
4. 匪：非。
5. 報：報答。

禮輕情意重，真心表達。

三、「禮物」的價值

俗語說：「禮輕情意重。」一份禮物的價值來自餽贈者情感的輕重，而不在於耗費了多少金錢。例如《馬可福音‧十二章‧41-44節》：「耶穌在聖殿中觀察人們奉獻，祂看見很多人將金錢投入奉獻箱內，但直到當祂見到一位窮寡婦將兩文錢投進奉獻箱後，才對這窮寡婦的奉獻作出稱讚。因爲兩文錢的金額雖然微不足道，但卻是窮寡婦所僅有的全部財產了。」又例如幼稚園的小朋友雖然沒有經濟能力，但是他們在色紙上畫出樸拙的圖案，親手製作成小卡片，並一筆一畫慢慢寫出對父母的愛意；國小的小朋友在父親節時幫爸爸搥背、母親節幫媽媽洗碗……，這些外人眼中微不足道的禮物卻往往能讓父母感動落淚，這就是「眞心」決定了禮物的價值。

這眞是母親節最好的禮物！

四、「禮尚往來」的藝術

《禮記‧曲禮上》：「禮尚往來。往而不來，非禮也；來而不往，亦非禮也。」「禮尚往來」是一種基本禮貌，如果總是收禮卻不適時回贈，就容易被視爲是貪小便宜或一毛不拔，在人際關係上可能會出現危機。

但〈衛風‧木瓜〉中，朋友送我水果，我卻回贈了一塊玉珮，以現在的物品而言，就是朋友送我一顆西瓜，我回送他一條金項鍊，這兩樣禮物的價值豈不是相差太多了嗎？

其實，即使是親朋好友之間，個人的經濟能力也往往未必相當。朋友是果農，將當季收成中最豐碩甜美的果實送給我，我也回贈禮品以表示我的感謝；彼此間都是將自己所擁有的美好物品送給對方以傳達真情實意，故作者說：「匪報也，永以爲好也。」正是希望透過有形的禮物來傳達心中無形的濃厚情感，讓親友之間的情誼能夠長長久久地延續下去。

因此，「禮尚往來」不僅是尊重朋友的基本禮儀，也必須在量力而爲的基礎上，以體貼與真心進行「禮尚往來」，時時考慮彼此的需求與喜好，而非僅僅流於表面形式的應酬功夫或虛榮炫富，如此才能達到真正的情感交流與友誼長存的目的。

五、現代以禮炫富的錯誤示範

中國近年來因經濟政策開放，產生一批迅速致富的新富階級，這些人出手闊綽、喜好以各種方式展現自己財富、送禮時毫不手軟，整個社會都感染「送禮炫富」的風氣，相關消息時有所聞。例如近來流行在情人節時將萬元人民幣紙鈔摺成花束送禮。甚至連小學生也受到不良風氣的影響，因中國實施一胎化政策，父母均盡量滿足家中嬌兒之物欲享受，因此小學生在與同儕互動時，容易將送禮視爲「掙面子」之手段，而建立錯誤的價值觀；甚至有父母上網抱怨，兩年前孩子剛上小學時，班上就流行過生日要送禮物給全班同學；如今已升級爲請客吃飯，家長們感嘆承受精神、經濟雙重壓力，更

文學書房

《詩經·大雅·抑》：「投我以桃，報之以李」之句與本篇意義相近，並流傳爲成語「投桃報李」，用以比喻彼此間的禮尚往來。

禮尚往來，但不可淪爲炫富的手段！

擔心孩子耽誤學習、助長攀比等不良習氣。

　　臺灣某些私立學校近來也有類似情形發生，例如2013年3月25日，立委林佳龍在立法院教育與文化委員會質詢時表示，中部某些私立學校學生會比較誰家的住宅比較豪華、轎車比較高級，甚至連出國行程、3C產品、過年領的紅包金額都是學生相互比較、炫富的項目。還有私立小學的家長送兒子班上五十個同學每人一個市價千元的名牌皮夾，希望孩子在班上建立好人緣；還有學生家長送教師六萬多元的名牌包，炫富風氣已成為教育隱憂。前教育部長蔣偉寧則公開回應表示，炫富是錯誤的行為，這樣的風氣也不應該發生，愈富的人應「好禮」，更應謙卑。

✒ 文學書房

「富而好禮」出處《論語・學而》：「子貢曰：『貧而無諂，富而無驕，何如？』子曰：『可也。未若貧而樂，富而好禮者也。』」

〈周南・兔罝〉描述國君喜得英勇之士，忠心耿耿為其效命之樂。

1-12 喜得人才〈周南・兔罝〉

本詩用獵人捕兔為喻，象徵國君網羅人才之心。

一、品味原文

> 肅肅兔罝，椓之丁丁。赳赳武夫，公侯干城。
> 肅肅兔罝，施于中逵。赳赳武夫，公侯好仇。
> 肅肅兔罝，施于中林。赳赳武夫，公侯腹心。

【白話譯文】

　　獵人釘著木樁，發出丁丁之聲，原來是獵人要在道路旁、樹林裡都設下捕兔網，將兔子捉入羅網中。國君公侯也要用盡心思招募賢才，才能得到雄壯威武的英勇之士，忠心耿耿為其效命。

二、談「士為知己者死」

　　春秋戰國時代，各國國君諸侯為求爭霸而用人唯才，爭相養士招賢，例如戰國時，齊國孟嘗君、魏國信陵君、趙國平原君、楚國春申君皆以尊賢養士著名，時稱「四公子」；又以齊國宗室孟嘗君出手闊綽，位居「養士四公子」之首。據說孟嘗君養士三千，連無名小卒都禮遇厚待。齊湣王二十五年，孟嘗君出使秦國卻遭秦昭王軟禁。孟嘗君向昭王寵妾幸姬求助，幸姬卻指定要白狐裘為謝禮方肯幫忙。但白狐裘舉世無雙，且已被孟嘗君進獻給秦

詩經學堂

1. 肅肅：即「數數」，網目細密之意。
2. 兔罝：捕兔網。
3. 椓之丁丁：敲打木樁時發出丁丁之聲。
4. 干城：「干」，盾牌；「城」，城牆。均有守護之意。
5. 「施」于中逵：布置。
6. 施于中「逵」：四通八達的道路。
7. 好仇：「仇」是「俅」的通假字。「俅」，良伴。
8. 中林：野外樹林之中。
9. 腹心：比喻親信可靠的人。

昭王了。幸好孟嘗君有一位食客擅於扮狗偷盜，夜深時潛入秦國的寶庫偷出此裘獻給幸姬，幸姬才勸秦昭王放孟嘗君一行人離開秦國。孟嘗君連夜出關，但行至函谷關因有宵禁，守將不肯開關。秦昭王又反悔派人前來追捕；危急之時，食客中有一人擅於模仿雞鳴，一啼而附近眾雞齊鳴，守將以為天亮了便放孟嘗君出關，眾人才得以脫險回到齊國。（見《史記‧孟嘗君列傳》）

　　而當時國君諸侯最用心網羅莫過於武藝高強的英雄俠士，不僅可以保護自己的安全，必要時更可擔任刺客前去暗殺政敵。《史記‧刺客列傳》中就記載著一批視死如歸的武功高手，如春秋時代的專諸受到吳公子光重用，後來扮成廚師，趁著進獻烤魚的時機刺殺吳公子光的政敵王僚，但事成後亦為王僚的手下所殺。戰國時代，嚴仲子與韓宰相俠累有仇，故以黃金百鎰結交韓國勇士聶政，聶政感於知遇之恩，待母逝姊嫁後，便替嚴仲子殺了俠累，但又恐連累姐姐，於是毀容自盡。荊軻則是受到燕太子丹的禮遇，故以割地獻城為由，帶著夾有匕首的燕國地圖和秦將樊於期的首級入秦，欲伺機刺殺秦王政，結果也因寡不敵眾而慷慨犧牲。

雞鳴狗盜

又如春秋時代晉國的豫讓，因爲受到智伯禮遇而感恩於心，後來晉國內亂，大夫趙襄子殺了智伯，還將智伯的頭顱做成酒壺。豫讓爲了替智伯報仇，在身上塗漆、讓皮膚長瘡，又吞木炭使聲音變得沙啞，以便喬裝乞丐去行刺趙襄子，最後雖然事跡敗露沒有成功，但連趙襄子都被他的忠義所感動，在豫讓自刎前，趙襄子脫下外套讓豫讓在衣服上砍三刀，《戰國策·趙策一》記載：「（豫讓曰：）士爲知己者死，女爲悅己者容，吾其報知氏之讎矣。」這些俠士均是膽識過人的英雄豪傑，因爲覺得自己受到賞識禮遇，因此願意爲知己而犧牲，春秋戰國時代流傳著「士爲知己者死」之名言，便是出自豫讓之口。

三、本詩意旨

〈周南·兔罝〉先描述獵人到處設下陷阱要捕捉兔隻，以此暗喻當時的國君諸侯以各種重金厚禮網羅英勇俠士爲其盡忠效力。「干城」指英雄如盾牌、如城池般，可爲公侯保衛社稷；「好仇」指二者志同道合、君臣無間；「腹心」則是指公侯視英雄如一體、彼此之間以誠相待，機密大事亦可與之商議。而不分文臣、武將、謀士，若能得英才而用之，皆執政者之一大樂事，正如唐太宗看到新科進士魚貫進入宮門時曾高興地說：「天下英雄入吾彀中矣。（天下英才都被我網羅了！）」此正爲喜得英才之意也。

文學書房

成語「國之干城」、「干城之將」、「天子干城」均源自於〈周南·兔罝〉，意指能保家衛國的勇士。

文學書房

「天下英雄入吾彀中」出處
王定保《唐摭言》：「（唐太宗）嘗私幸端門，見新進士綴行而出，喜曰：『天下英雄入吾彀中矣。』」

四、延伸閱讀

　　《詩經》中的〈鄭風‧羔裘〉與本詩涵義相近，但〈周南‧兔罝〉強調武功，〈鄭風‧羔裘〉重視文才，故可並而觀之：

　　　羔裘如濡，洵直且侯。彼其之子，舍命不渝。

　　　羔裘豹飾，孔武有力。彼其之子，邦之司直。

　　　羔裘晏分，三英粲分。彼其之子，邦之彥分。

【白話譯文】

　　這位大夫穿著羔裘朝服，為人正直且俊美。他是己姓貴族之子，堅守國君命令，認真執行。

　　羔裘朝服的袖子上鑲著豹皮，這位大夫英武且有勇力。他是己姓貴族之子，主掌糾舉百官的過失。

　　羔裘朝服的衣紐光亮鮮明，這位大夫是己姓貴族之子，也是國家的重要人才。

詩經學堂

1. 羔裘：大夫之服，以羔羊皮製成。
2. 如濡：潤澤。
3. 洵直且侯：又正直又俊美。
4. 彼其之子：己氏貴族的子孫。
5. 「舍命」不渝：遵守命令。
6. 豹飾：袖子上飾以豹皮。
7. 司直：官名，主掌糾舉百官之過。
8. 羔裘「晏」分：鮮明。
9. 彥：賢士。

穿越千年時空

商、周時期的衣服大致上分成：玄端、深衣、袍、襦、裘五種。玄端，祭祀所穿的黑色禮服，天子、諸侯、大夫、士都可以穿著；深衣，比朝服略次一等，諸侯、大夫、士家居所穿的一種上衣、下裳相連的衣服，庶人用來當禮服，重大日子才穿著；袍，一種中式的長衣服，衣裡有設計夾層，內塞入綿絮，具保暖作用。襦，短襖。質料純綿的叫「襦」，質地差的叫「褐」；裘，皮衣，用獸皮縫製，依身分的高低皮料也不同，例如：天子才有資格用黑羔皮，貴族穿狐裘，下卿、大夫不能用整張皮，僅能用豹皮滾縫袖端。

〈齊風·還〉歌詠兩名威風凜凜的神射手，彼此偶遇後相知相惜的君子之爭。

1-13 射術精湛〈齊風·還〉

由本詩中可看出先秦時代的君子必須文武雙全，騎射兼善，而不是手無縛雞之力的文弱書生。

一、品味原文

子之還兮，遭我乎猺之閒兮。並驅從兩肩兮，揖我謂我儇兮。

子之茂兮，遭我乎猺之道兮。並驅從兩牡兮，揖我謂我好兮。

子之昌兮，遭我乎猺之陽兮。並驅從兩狼兮，揖我謂我臧兮。

【白話譯文】

你是如此地英勇完美，我們相遇在要往猺山打獵的道路上；因為一見如故，於是騎馬同行，並逐獵物。你和我都順利地射取到野豬、公牛和野狼；臨別時，你還向我行禮作揖，讚美我是個不錯的打獵夥伴。

二、談「射術」

孔子以「六藝」教育門生，其中最重要的體育訓練便是「射」（射箭），這不僅是當時貴族間最熱門的休閒活動，在戰爭頻仍的春秋時代，培養出精湛的射術不僅可以強身健體，也能在戰爭時立下戰功。因為射箭不僅講求眼力佳、臂力強，更必須

詩經學堂

1. 還：「還」為「嫙」的假借字；意謂「美好之貌」。
2. 猺：齊國的猺山。
3. 並驅：兩馬並行。
4. 肩：「肩」為「豜」的假借字，指滿三歲的野豬。
5. 儇：美好。
6. 牡：雄獸。
7. 猺之「陽」：山南水北之地稱「陽」，「猺之陽」即猺山之南。
8. 茂、昌、臧：皆為「美好、良善」之意。

在騎馬奔馳時的顛簸以及在外在風向風速等變因之下，仍維持開弓瞄準的平衡感與精準度，實為一項高超的體能活動；因此古代人對於神射手總是十分崇敬而加以頌揚。

為了隨時維持最巔峰的體能，古代男子在太平之際亦會以狩獵方式不斷精進自己的騎射之術。甚至在游牧民族執政的時代，還會舉辦一年一度的大規模行獵活動，例如清代康熙皇帝年年率領上千名王公貴族在木蘭圍場舉辦秋獮，不僅獎勵開國以來的騎射尚武風氣，另一方面也等於進行大規模軍事訓練及演習，向北方其他的游牧民族宣示國威。

三、本詩意旨

本詩中描述兩位齊國的年輕人，原本各自出發欲往猺山打獵，卻在半途萍水相逢、一見如故，於是相約同行；他們都佩服於對方的騎射之術，並同樣滿載而歸。全詩洋溢著男子漢的威武氣概、卓越的射獵技藝、兩人間惺惺相惜的情誼，以及彬彬有禮的君子之爭。

四、延伸閱讀

《詩經》中另一篇〈召南‧騶虞〉也是在稱讚神射手（騶虞）的射術精妙：

　　彼茁者葭，壹發五豝。于嗟乎騶虞！
　　彼茁者蓬，壹發五豵。于嗟乎騶虞！

文學書房

1. 木蘭秋獮
   清仁宗（嘉慶皇帝）於《木蘭記》中記載：「射獵肄武為本朝家法，綏遠實國家大綱。」
2. 「君子之爭」出處
   《論語‧八佾》：「子曰『君子無所爭，必也射乎！揖讓而升，下而飲，其爭也君子。』」

詩經學堂

1. 騶虞：在苑囿中掌管天子打獵之事的官員。
2. 彼茁者葭：草木茂盛。
3. 豝、豵：小豬。
4. 「壹發」五豵：「壹發」為射出四支箭。

【白話譯文】

掌管天子行獵的苑囿之官「騶虞」啊！他只要射出四支箭就可射中五隻小山豬，騶虞的射術眞是精妙啊！

詩中的「壹發五犯（豵）」指騶虞射出四支箭卻射中五隻小豬，故其中必有一支箭「一箭雙豬」，與後人用「一箭雙鵰」來形容射術精妙有異曲同工之妙。

五、歷史上的神射手

射箭是一門高難度的體育活動，除了射手本身的技藝外，更須在外在風向風速等變因下維持開弓瞄準的平衡感與精準度，因此古代人十分尊崇神射手。在中國歷史上留名的神射手相當多，他們的事蹟甚至流傳爲成語，例如：成語「百步穿楊」之典故便是來自春秋時代楚國的養由基，事蹟見《史記‧周本紀》：「楚有養由基者，善射者也，去柳葉百步而射之，百發而百中之。」「一箭雙鵰」之典故來自《北史‧長孫道生列傳》：「嘗有二鵰，飛而爭肉，因以箭兩隻與晟（長孫晟），請射取之。晟馳往，遇鵰相攫，遂一發雙貫焉。」

百步穿楊

一箭雙鵰

　　戰國時代魏國武將更羸不用箭、僅是拉動弓弦，就能讓一隻受過箭傷的失群大雁因過度驚恐而落下，見《戰國策·楚策》：「更羸與魏王處京臺之下，仰見飛鳥。更羸謂魏王曰：『臣爲王引弓虛發而下鳥。』……有間，雁從東方來，更羸以虛發而下之。魏王曰：『然則射可至此乎？』……對曰：『其飛徐而鳴悲。飛徐者，故瘡痛也；鳴悲者，久失群也，故瘡未息，而驚心未至也。聞弦音，引而高飛，故瘡隕也。』」可見其不僅射術高超，連觀察力也是精細入微，「驚弓之鳥」成語因而流傳。

　　漢代飛將軍李廣的射術名聞遐邇，唐人〈塞下曲〉：「林暗草驚風，將軍夜引弓；平明尋白羽，沒入石稜中。」便是歌詠他臂力驚人，能將箭射沒入大石之中。

　　唐代開國君主李淵也是個神射手，相傳竇毅選婿，畫二孔雀於屏風上，要求婚者以箭射之，暗中約定射中眼睛者，即是女婿。後李淵射中，竇遂以女嫁之，典出《新唐書》，自此「雀屏中選」也成爲「選中一個文武全才好女婿」之代稱。

　　最後，還要提到神話中的后羿，傳說后羿射下九個太陽，使人民由大旱之中解脫，見《山海經》：「堯時十日並出，堯使羿射十日，落沃焦。」這也反映了遠古時代的先民視神射手爲英雄與救星之普遍崇拜現象。

驚弓之鳥

后羿射日

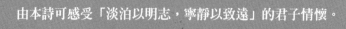

由本詩可感受「淡泊以明志，寧靜以致遠」的君子情懷。

1-14 安貧樂道〈陳風・衡門〉

子曰：「一簞食，一瓢飲，在陋巷，人不堪其憂，回也不改其樂。」〈陳風・衡門〉中描述的正是這種安貧樂道的生活。

一、品味原文

衡門之下，可以棲遲。泌之洋洋，可以樂飢。
豈其食魚，必河之魴？豈其取妻，必齊之姜？
豈其食魚，必河之鯉？豈其取妻，必宋之子？

【白話譯文】

何必住在華廈之中，簡陋的茅屋就足以棲身；何必要喝瓊漿玉液，源源湧出的泉水，喝了就能止渴充飢。

粗茶淡飯便可知足，又何必一定要吃出產於黃河中的美味魴魚或鯉魚呢？娶妻但求賢慧，又何必高攀貴族的千金小姐呢？！

二、談「安貧樂道」

「安貧」是安於儉樸物質生活的坦然態度，「樂道」則是永不放棄對真理的追求。歷史上有許多安貧樂道之士，始終追尋心中的真理而不受世間貧窮、富貴等外在環境所影響。例如孔子自謂：「飯疏食、飲水，曲肱而枕之，樂亦在其中矣。不義而富且貴，於我如浮雲。」（《論語・述而》）孔子也稱讚他的弟子顏回：「賢哉，回也！一簞

詩經學堂

1. 衡門：房屋無門，僅以橫木遮擋。指房屋簡陋。
2. 棲遲：棲身。
3. 泌之洋洋：源源不絕的泉水。
4. 「樂」飢：「樂」為「療」之假借字。「樂飢」即療飢、止飢。
5. 魴、鯉：皆為美味之魚。
6. 齊之姜：齊國姜姓貴族之女。
7. 宋之子：宋國諸侯之女。

食、一瓢飲，在陋巷。人不堪其憂，回也不改其樂！」（《論語‧雍也》）又如陶淵明自謂「環堵蕭然，不蔽風日；短褐穿結，簞瓢屢空，晏如也。……黔婁之妻有言：『不戚戚於貧賤，不汲汲於富貴。』極其言，茲若人儔乎？」（〈五柳先生傳〉）對於他們而言，快樂並不在於物質享受，而在於內心世界的充實與道德價值的實踐，是以自古以來，「安貧樂道」便是為人所稱頌的高尚品德。

孔子將〈陳風‧衡門〉選進《詩經》之中，正是為了向學生宣揚「安貧樂道」的精神，希望弟子均能「淡泊以明志，寧靜以致遠」，不可陷溺於富貴榮華的誘惑而迷失方向、無法自拔。

而現代亦有許多安貧樂道之人，自身力求生活簡約，卻將省儉下來的金錢捐給社會弱勢之人，例如菜販陳樹菊女士以及各宗教團體的僧尼修士，他們力行簡單生活，在助人的過程中卻得到更充實的心靈富足，這份大愛值得我們效法學習。

三、相關成語

「衡門」本意為「簡陋的房屋」，自〈陳風‧衡門〉後「衡門」亦成為歸隱閒居、安貧樂道的代稱，成語「散帶衡門」便是形容退隱過著閒逸生活。如〈晉書‧何準傳〉：「充居宰輔之重，權傾一時，而準散帶衡門，不及人事，唯誦佛經，修營塔廟而已。」

此外，「簞食瓢飲」、「安步當車」、「飯蔬飲水」均有安貧樂道之意。

NEWS 時事看板

1. 安貧樂道、慷慨助人的陳樹菊女士

陳樹菊是一位臺東的女菜販，因自幼失學，深知其苦；因此二十多年來她儉約度日，將所有存下的錢都捐給小學、育幼院和貧童，至今捐款已超過新臺幣一千萬元。陳樹菊說：「我把錢看得很淡。捐錢幫助人，那天就會睡得特別好，心裡有說不出的快樂。」

2. 法籍神父無私付出

花蓮玉里天主堂有一位七十三歲的法國籍神父劉一峰（Yves Moal），在二十五歲時從法國離背井來到臺灣宣教，長年在花蓮鄉間默默付出；十四年前劉神父接掌安德啟智中心，矢志照顧身體或智能障礙之孤苦院生。神父為了籌措財源，不僅到處回收資源，也曾回法國變賣家產及勸募。他生活清苦，連一杯便利商店的咖啡都捨不得買，每天最大的滿足就是看到院童天真純潔的笑容。

1-15 上巳遊春〈鄭風・溱洧〉

本詩是描寫三月三日上巳之日，鄭國年輕男女到江邊遊賞、天真無邪的情詩。

一、品味原文

溱與洧，方渙渙兮。士與女，方秉蕑兮。女曰：「觀乎？」士曰：「既且。」「且往觀乎！洧之外：洵訏且樂。」維士與女，伊其相謔。贈之以勺藥。

溱與洧，瀏其清矣。士與女，殷其盈矣。女曰：「觀乎？」士曰：「既且。」「且往觀乎！洧之外；洵訏且樂。」維士與女，伊其將謔。贈之以勺藥。

【白話譯文】

春暖花開之際，鄭國的溱水和洧水的水量豐沛、水流清澈。一對年輕情侶手執蕑草，來到水邊踏青。女孩說：「要再到別的地方看看嗎？」男孩說：「好啊，反正這裡已經逛完了！」女孩說：「那就到洧水對岸去逛逛吧！聽說那裡地方更大、更好玩！」

於是這對小情侶就邊笑鬧邊走向對岸去了，要離別時，男孩送給女孩一朵芍藥花。

二、三月三日談「上巳」

春秋時代雖重視禮法，但鄭國和衛國社會風氣較開放，對年輕男女的交往也抱持著較自由的態

詩經學堂

1. 溱與洧：鄭國的溱水和洧水。
2. 渙渙：江水盛大之狀。
3. 蕑：生長於水邊的蘭草，又稱「澤蘭」。
4. 既且：已經來（去）過了。
5. 洧之「外」：對岸。
6. 「洵」「訏」：「洵」，實在。「訏」，大。
7. 伊其：咿然；笑聲。
8. 謔：開玩笑。
9. 「瀏」其清矣：水流清澈之狀。
10. 勺藥：芍藥，又名「江離」，與「將離」諧音，故即將分別之人互贈以芍藥。

度。

《太平御覽》：「鄭國之俗，三月上巳之日，於兩水上招魂續魄，拂除不祥。」每年三月的第一個巳日，鄭國都會以「用江水濯除不祥」爲名義在江邊舉辦活動，但實際上卻是年輕男女精心裝扮，趁此日出遊尋找意中人並賞春踏青，因此氣氛十分歡樂。這個習俗後來也被各朝代承襲，但魏晉以後則改在每年農曆三月初三舉行，如晉代王羲之著名的書法作品〈蘭亭詩序〉，便是描寫暮春三月三日，王羲之與親友到山陰水濱之蘭亭參加「修禊」並遊山玩水、踏青飲宴之經過。又如唐代杜甫〈麗人行〉：「三月三日天氣新，長安水邊多麗人。」也描述上巳之日連皇親國戚的宰相楊國忠與楊貴妃之姐妹（虢國夫人、秦國夫人）也盛裝打扮，到長安城外的曲江遊春飲宴，其實這均是源自春秋時代鄭國的遺俗。

文學書房

「修禊」民俗

「修禊」是驅除不祥的祭祀。通常於春季上巳日在水邊舉行。王羲之〈三月三日蘭亭詩序〉：「永和九年，歲在癸丑，暮春之初，會于會稽山陰之蘭亭，修禊事也。群賢畢至，少長咸集。此地有崇山峻嶺，茂林修竹，又有清流激湍，映帶左右，引以爲流觴曲水，列坐其次。雖無絲竹管絃之盛，一觴一詠，亦足以暢敍幽情。」

三、本詩意旨

〈鄭風·溱洧〉便是一首描寫三月三日上巳之日，一對鄭國小情侶在江邊遊春的情詩。當時天氣晴和、野花盛開，故這對情侶也折下蘭草，邊走邊賞玩。接著兩人對答，女孩主動大方，男孩則順著女孩之意，小心呵護，與今日少男少女談戀愛之情景相當類似。最後夕陽西下，兩人要各自返家時，男孩送給女孩一朵芍藥，因爲芍藥別名「江離」，與「將離」諧音，由此可看出男孩的依依不捨之情。

你一定不知道

《詩經》中的情歌多是由鄭國和衛國收集而來，也因此有「鄭衛之音」這個成語，用以比喻「描述男歡女愛的歌曲」。

〈小雅‧伐木〉描述遷入新居，改善居住環境的喜悅。

1-16 喬遷之喜〈小雅‧伐木〉

由本詩亦可看出，自古以來選擇住所的兩大考量是「安全」和「好鄰居」。

一、品味原文

伐木丁丁，鳥鳴嚶嚶。出自幽谷，遷于喬木。
嚶其鳴矣，求其友聲。相彼鳥矣，猶求友聲；
矧伊人矣，不求友生？神之聽之，終和且平。

（選錄〈小雅‧伐木〉第一章）

【白話譯文】

樵夫到山谷裡砍樹了，住在山谷裡的鳥兒不安地叫個不停。於是鳥兒飛出山谷，到樵夫到不了的山峰上，尋找高大樹木製作新巢。新巢築好以後，小鳥又嚶嚶鳴叫，尋求同伴的回應。你看那鳥兒都知道要追尋同伴了，更何況是我們人類呢？我們若需要志同道合的友人，就必須審慎尋找，才能得到真正的好友，彼此相處和樂安寧。

二、談居住環境的重要

〈小雅‧伐木〉先是藉著住在山谷裡的小鳥因被樵夫驚擾，而遷居到更安全的喬木之上築巢。然而築好巢後又感到寂寞，因此嚶嚶其鳴，期望能呼朋引伴，避免孤單。在這裡作者以鶯鳥為喻，提出了人類安居的兩大重要因素，一為「安全性」，二

詩經學堂

1. 丁（ㄓㄥ）丁（ㄓㄥ）：伐木之聲。
2. 嚶嚶：鳥鳴聲。
3. 幽谷：幽深的山谷。
4. 矧（ㄕㄣˇ）：何況。
5. 「神」之聽之：「神」是「慎」的通假字，慎重之意。

文學書房

「喬遷之喜」源自〈小雅‧伐木〉，為祝福他人搬家的賀詞。意思相近的成語還有「喬木鶯聲」、「鶯遷吐吉」、「高第鶯遷」、「鶯遷喬木」、「出谷遷喬」等，均為祝賀他人遷入新居的賀詞。

爲「好鄰居」。

安全性包括對生命財產造成威脅的各種外在因素，例如2011年日本因「311海嘯」而引發福島核電廠核災事件，約十五萬福島縣居民亦因輻射外洩問題而被迫撤離家園。2009年臺灣高雄縣小林村因莫拉克颱風引發土石流而滅村，倖存者亦在政府協助下遷村重建。然居民被迫離開安居數十年的故居遷到異地，不論是經濟重建及心理適應都仍須一段時間方能趨於穩定。

而俗話說：「千金買屋，萬金買鄰」，就是強調「好鄰居」的重要。志同道合的「好鄰居」不僅能夠守望相助、彼此照應，對下一代的教育也能形成良好模範，例如歷史上著名的「孟母三遷」故事中，孟母爲了孩子的教育，而一再搬遷，由屠宰場、殯儀館搬到學校附近，這也說明居住環境對教育的重要影響。所以孔子曰：「里仁爲美。」就是強調選擇住處時應謹慎挑選有善鄰、有仁風的地方，才能提升居住品質，住得安心又快樂。

近年來社會型態轉變，都市人口雖多，但卻因生活緊張忙碌，而少與鄰里互動，形成「自掃門前雪，莫管他人瓦上霜」的冷漠心態，但美好的居住環境需要大家共同創造並維護，因此人人都應該發揮「敦親睦鄰、守望相助」的美德，積極投入社區服務，才能有效改善並提升其生活品質。

NEWS 時事看板

2009年高雄縣小林村因莫拉克颱風受災嚴重，直至2014年6月，重建工作才近尾聲。但小林村重建發展協會理事長蔡松諭表示，因爲重建區內缺乏商業機能，因此目前遷村到大愛和日光小林村的住民約剩三成，其餘村民皆已外出謀職。小林社區發展協會理事長劉秋田也說，因居民無以爲繼，五里埔小林村九十戶住民約有半數下山打零工。他們表示，希望家鄉產業復甦，能照顧災民生計，大家才能安心留在家鄉打拼。

文學書房

「里仁爲美」出處《論語·里仁》：「子曰：『里仁爲美；擇不處仁，焉得知！』」

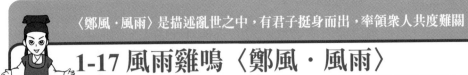

〈鄭風‧風雨〉是描述亂世之中，有君子挺身而出，率領眾人共度難關。

1-17 風雨雞鳴〈鄭風‧風雨〉

亂世君子不顧己身安危，毅然率領群眾共度難關之情操，更值得我們敬佩學習。

一、品味原文

風雨淒淒，雞鳴喈喈。既見君子，云胡不夷？

風雨瀟瀟，雞鳴膠膠。既見君子，云胡不瘳？

風雨如晦，雞鳴不已。既見君子，云胡不喜？

【白話譯文】

外面下著狂風暴雨、天昏地暗之際，這時公雞叫了，讓我們知道天已經亮了，光明即將來臨。在風雨飄搖的亂世之中，有位君子願意挺身而出，率領大家共度難關，我們終於可以放下心中大石，怎麼可能不感到喜悅呢？！

二、本詩意旨

〈鄭風‧風雨〉先描述狂風暴雨、天地晦暗之際，雄雞卻無畏於外界之昏暗、準時啼鳴，讓人們都知道黎明即將到來，因此心中不再恐懼，並靜下心來期待光明降臨。作者以此來象徵風雨飄搖、時局動盪不安之際，此時百姓無法安居樂業，甚至要面臨生命、財產、人權隨時可能被剝奪的恐懼，群眾人心惶惶，對未來感到不安。當此之時，有一才德兼備的賢者自願挺身而出，為眾人指引正確方

詩經學堂

1. 淒淒：感覺寒涼之意。
2. 喈喈、膠膠：均為雞叫聲。
3. 云胡：如何。
4. 夷：「怡」之假借字，喜悅之意。
5. 瀟瀟：狂風暴雨之聲。
6. 瘳：疾病痊癒。此指心中安定。
7. 風雨如「晦」：天昏地暗。

疾風知勁草，板蕩識忠貞。

向，帶領眾人共度難關，則原本手足無措的民眾有如在黑夜中看到一絲曙光，也如同吃下定心丸，心情由茫然轉為篤定，心中的喜悅必然也是難以言喻的。

三、古今的「亂世君子」

歷史上有許多亂世中的賢者，他們均不顧個人安危，懷抱著道德勇氣挺身而出，率領民眾爭取權益、度過難關。例如《出埃及記》記載，摩西本為希伯來人，因緣際會之下被埃及公主收養，本可安享榮華富貴，但當時希伯來人受到埃及王朝的統治和奴役，過著十分悲慘的奴隸生活，摩西知道自己的身世後，毅然離開埃及王宮與希伯來人共甘苦，後來又帶領希伯來人逃離埃及、渡過紅海，到達神所預備的應許之地——迦南，使希伯來人得到自由。

又如美國第十六任總統亞伯拉罕・林肯，在任內發表了解放奴隸宣言，致力於廢除蓄奴政策，對於美國的人權改革具有極大貢獻。印度的甘地原本出身貴族，留學英國後成為律師，原可獨善其身，享受富裕的上流社會生活；但他一再目睹英國人對殖民地百姓充滿歧視的不合理對待，

摩西　　　　　　　　林肯　　　　　　　甘地

因此放棄自身的享受，投入於獨立運動，以「非暴力」的公民不服從、不合作、絕食抗議等政治主張，成功團結群眾並獲得全世界的關注，帶領印度邁向獨立，脫離英國的殖民地統治，因此被尊稱為「聖雄」。甘地成功的例子也鼓舞了其他民主運動領袖，例如在美國爭取黑人人權的馬丁路德‧金恩牧師和爭取南非獨立的民主鬥士曼德拉，均是受到甘地的精神感召，而獻身致力於消除種族歧視與提倡民權運動。

金恩牧師

曼德拉

四、延伸閱讀

《詩經》中常借「風雨」以比喻亂世，除本詩之外，亦可見於〈豳風‧鴟鴞〉：

迨天之未陰雨，徹彼桑土，綢繆牖戶。今女下民，或敢侮予。……

予羽譙譙，予尾翛翛，予室翹翹，風雨所漂搖。予維音嘵嘵。（節錄）

【白話譯文】

趁風雨還沒來，我們趕快去叨來桑根樹皮，修補我們的鳥巢。以後樹下那些人類，就不會趁機來欺負我們了。

在狂風暴雨中，我們的羽毛掉落減少，尾巴凋零衰敗，鳥巢處於危險不安，我們發出了驚恐的尖叫。

〈豳風‧鴟鴞〉是假托小鳥的語氣，說明自己的鳥巢在狂風暴雨中搖晃不安，藉以象徵民眾在亂

世之中無法安居樂業。成語「風雨飄搖」便是源自〈豳風‧鴟鴞〉，用以比喻時局動盪不安，百姓生活極不穩定。

　　明末清初大學者顧炎武《日知錄‧廉恥》：「吾觀三代以下，世衰道微，棄禮義，捐廉恥，非一朝一夕之故。然而松柏後凋於歲寒，雞鳴不已於風雨，彼眾昏之日，固未嘗無獨醒之人也。」以此鼓勵君子在亂世之中仍須堅守禮義廉恥，不隨波逐流。因明末清初有許多明代舊臣為了功名利祿而變節投降清廷，故顧炎武創作此文，希望士人在亂世中仍能堅持禮義廉恥，保持高貴的人格情操。

 文學書房

「松柏後凋於歲寒」是援引《論語‧子罕》：「歲寒，然後知松柏之後凋也」之典故。「後凋」是指堅持到最後仍不凋謝之意；時節最寒冷之時才能真正知道松柏的堅毅不拔，孔子以此比喻君子在艱困的環境中仍能守正不苟，不改變其節操。「雞鳴不已於風雨」則是引用自《詩經‧鄭風‧風雨》。

 名人小傳

顧炎武

顧炎武生於明朝萬曆年間，卒於清朝初年。一生學富五車，是名聞遐邇的思想家，與王夫之、黃宗義並稱「明末清初三大儒」。他在學術研究方面，畢生傾力於經世致用之學，也就是治理國家政事，實用而有效能的學問，反對理學的空談，進而提出以「實學」代替「理學」。顧炎武不僅重視求知，更重視品德，強調讀書人務必做到「多學而識」，「博學於文」，「行己有恥」，做學問首立人格，「禮義廉恥，是謂四維」，是他流傳下來的名句。著有《日知錄》，內容涵蓋經史、訓詁、詩文、名物、典章制度、天文等等，是畢生代表作。

第二章 《詩經》中的情思感懷

本篇描述梅子成熟時，鄉下姑娘酸甜苦澀夾雜的待嫁女兒心情。

2-1 待嫁之心〈召南‧摽有梅〉

作者用了梅樹的三階段來暗喻時光流逝，十分巧妙。

詩經學堂

1. 摽ㄆㄧㄠˋ：落下。
2. 庶士：眾人。
3. 迨ㄉㄞˋ其吉兮：挑個好日子來提親吧。
4. 頃筐塈ㄐㄧˋ之：裝滿籮筐，任人拿取。
5. 迨其「謂」之：說話。

一、品味原文

摽有梅，其實七兮。求我庶士，迨其吉兮。

摽有梅，其實三兮。求我庶士，迨其今兮。

摽有梅，頃筐塈之。求我庶士，迨其謂之。

【白話譯文】

梅子成熟開始掉落，樹上還剩下七成的果實；追求我的男子們，選個好日子找媒人來提親吧！

梅子成熟開始掉落，樹上只剩下三成的果實；追求我的男子們，今天就找媒人到我家來提親吧！

梅子成熟全部掉落，好幾籮筐的梅子任人拿取；追求我的男子們，只要有人願意開口，我就願意嫁了！

二、古代女子的待嫁之心

《禮記‧內則》記載：「十有五年而笄，二十而嫁。有故，二十三年而嫁。」在古代中國，女子的適婚年齡是十五至二十歲，就算家中有變故困難，最晚也要在二十三歲前嫁掉；甚至還有明文規定，如果不及時把女兒嫁掉，連父母家人都要連帶受罰，如《越語》：「女子十七不嫁，丈夫二十不

你一定不知道

為什麼要舉行「及笄之禮」？

古代女子童年時梳辮子，滿十五歲則束髮為髻、佩戴髮簪（笄）。古代女子在初經來潮後會稟告母親，父母便為女兒舉行「及笄之禮」。月經來潮代表女子擁有生育能力，父母藉由「及笄之禮」昭告「我家有女初長成」，媒婆就可以開始上門提親了。

娶，父母有罪。」《宋書・周朗、沈懷文列傳》：「女子十五不嫁，家人坐之。」因此像漢代樂府詩〈孔雀東南飛〉：「十五彈箜篌，十六誦詩書，十七爲君婦」的早婚現象在古代其實是十分常見。

本詩中的女子並非富貴千金，而是梅農之女，她應是出身寒微卻明豔動人，因此也有不少鄰里子弟前來追求，所以一開始她還很自負地說：「求我庶士，迨其吉兮」，也就是「想追求我的眾男子啊，你們選個良辰吉日，各自找媒人到我家提親吧！」但或許是她自恃甚高不願低就，亦可能家中人手不夠，父母希望她繼續幫忙家中農務而回拒了求婚者。之後日復一日，年復一年過去，隨著時間流逝，女子年齡漸長，上門求親者逐漸減少，她便開始擔心自己的終身大事了，因此說出「迨其今兮」，也就是「不用等良辰吉日了，快叫媒婆今天就到我家說親吧！」然而好事依然未成，最後拖過適婚年齡，求婚者也絕跡了，著急的她終於脫口說出「迨其謂之」，也就是「不用找媒人了，只要有人願意開口要娶我，我就嫁了！」

〈召南・摽有梅〉之後，「摽梅之年」便用以形容女子到了適嫁之齡。其他類似的成語有「待字閨中」、「小姑獨處」和「雲英未嫁」。「小姑獨處」典出南朝樂府〈清溪小姑曲〉：「開門白水，側近橋梁。小姑所居，獨處無郎。」「雲英未嫁」典出唐代羅隱〈贈妓雲英〉：「鐘陵醉別十餘春，重見雲英掌上身；我未成名君未嫁，可能俱是不如人。」

本詩中，作者運用梅子做了兩個巧妙比喻：第一，以梅子逐步落下（樹上還有七成、三成、掉光了）象徵時光流逝，暗示自己「如花美眷，似水流年」，由可以慢慢挑選對象的青春年華，流轉到開始著急焦慮的適婚年齡。第二，以市面梅子的數量暗喻自己在婚姻市場上的價值。樹上還有七成，就代表流入市面的梅子數量不多，因此奇貨可居，價格昂貴；正如自己青春年少時，眾人爭相追求。但現在樹上梅子已經落光，甚至價格低落賣不掉，只好放在大籬筐中任人拿取；有如自己乏人問津了。

詩中女子之所以擔心終身沒有依靠，乃是古代重男輕女，傳統習俗中，女子一定要嫁人，死後方能受夫家子孫祭拜；若未嫁而死，不能入娘家宗祠也無法立牌位，而成為無主之鬼。因此文學作品中常常描述女子待嫁心情，例如《紅樓夢》中出現「女兒悲，青春已大守空閨」的酒令。北朝民歌中也有直接對父母嚷著要嫁人的〈折楊柳枝歌〉：「門前一株棗，歲歲不知老。阿婆不嫁女，那得孫兒抱。」〈地驅樂歌〉：「驅羊入谷，白羊在前；老女不嫁，蹋地喚天」都分別反映出女子於適婚年齡而未嫁的憂慮及焦急之心。

依中國傳統禮俗，未嫁人的女子死後不能入娘家宗祠也不能立牌位。

文學書房

《紅樓夢·第二十八回》中的酒令

寶玉說道：「女兒悲，青春已大守空閨。女兒愁，悔教夫婿覓封侯。女兒喜，對鏡晨妝顏色美。女兒樂，秋千架上春衫薄。」

三、與年輕女子相關的年齡代稱

（一）女子十三歲：「荳（豆）蔻年華」。

典出唐代杜牧〈贈別詩〉：「娉娉裊裊十三餘，豆蔻梢頭二月初。」意謂十三歲少女體態輕盈婀娜，就像二月時綻放在枝頭的豆蔻花一般嬌美。

（二）女子十五歲：「及笄之年」。

《禮記・內則》：「十有五年而笄。」古代女子十五歲前梳辮子，滿十五歲時則束髮爲髻、配戴髮簪（笄），表示已成年。

（三）女子十六歲：「二八年華」、「破瓜之年」。

「瓜」字在隸書及南北朝魏碑體中寫成 𤓯，可拆成如兩個「八」，故稱十六歲爲「破瓜之年」。

（四）女子二十四歲：「花信之年」。

「花信」指古代應花期而至之風；一年共有二十四花信，故以「花信之年」借指女子二十四歲。

四、今昔比一比

古代流行早婚，〈召南・摽有梅〉的女主角可能才二十歲出頭便爲終身大事煩心不已；然今日因教育普及，女性經濟能力與自我意識提升，因此也出現許多晚婚甚至不婚不生的女性，政府甚至要想辦法幫忙宣導。例如近年來臺灣晚婚、不婚、不育現象日益普遍，造成臺灣婦女總生育率大幅下滑，臺灣未來社會將邁入少子化、高齡化之危機。爲了引導年輕世代重視家庭的意義與價值，內政部於2013年12月17日舉辦全國未婚青年才藝聯誼活動，並辦理「與新世代青年談心──展望幸福人生」全國座談會及「家庭週」等活動，以鼓勵民眾結婚生育，落實「樂婚、願生、能養」政策。

文學書房

《禮記・內則》記載，男子以「冠禮」象徵已成年，女子以「及笄禮」象徵成年。

男子「冠禮」

女子「及笄禮」

本詩借「一日三秋」來比喻分別的時間雖短，但思念之情卻十分綿長。

2-2 相戀之難分難捨〈王風‧采葛〉

對情人而言，歡樂的相聚時光總是稍縱即逝；然而思念對方的分分秒秒卻總是度日如年啊！

一、品味原文

　　彼采葛兮，一日不見，如三月兮。

　　彼采蕭兮，一日不見，如三秋兮。

　　彼采艾兮，一日不見，如三歲兮。

【白話譯文】

　　那個美麗的姑娘去採野菜了啊！只是一天沒看見她，怎麼就好像過了三個月那麼久呢！

　　那個美麗的姑娘去採野菜了啊！只是一天沒看見她，怎麼就好像過了三個秋季那麼久呢！

　　那個美麗的姑娘去採野菜了啊！只是一天沒看見她，怎麼就好像過了三年那麼久呢！

二、時間的相對論

　　五分鐘算不算短？兩小時算不算長？我想大家都有經驗，上無聊枯燥的課時，你轉筆、發呆，總覺得應該快下課了，一看錶卻只過了三分鐘？揮汗打籃球、聚精會神看小說時，卻渾然不覺兩、三個小時已悄悄溜走。這就是所謂「時間的相對論」，一天可換算為二十四小時這是絕對不變的，但這二十四小時是飛也似地溜走或是每分每秒都慢如老

詩經學堂

1. 彼：她，意中人。
2. 葛、蕭、艾：均為野菜之名。
3. 三月：九十日。
4. 三秋：一個秋季有三個月，三個秋季有九個月共270天。
5. 三歲：古代一年為360天，三歲即三年，共1080天。

文學書房

「一日三秋」是源自〈王風‧采葛〉的成語，比喻分別時間雖短，但思念卻非常殷切。

牛拖車，便是相對於每個人的認知而不同了！

〈王風・采葛〉的作者是個情竇初開的大男孩，他的情人因忙於農務家事而無法每天約會，兩人每隔一天才能見一次面，無法見面的那個日子裡，男孩總是覺得時間過得特別慢，交往越久、情感投入越多則相思越深，度日如年的心情也就越來越強烈了。故首章言「如三月兮」，次章言「如三秋兮」，末章言「如三歲兮」便以層遞法逐步加強，表達付出越來越深、難分難捨之情也越濃。「秋」則是一年四季中的蕭索季節，用以形容患得患失之心情較使用「春」、「夏」、「冬」更佳。

文學書房

「情竇」一詞指情意的發生或男女情愛之萌生。竇，孔、洞的意思。「情竇初開」則用來形容少年男女初嘗愛情的滋味。

三、延伸閱讀

《詩經》中〈鄭風・子衿〉也是表達類似的相思情感，但作者是女子，她的心上人是身穿青衿之學子，因求學住宿而分離兩地：

青青子衿，悠悠我心。縱我不往，子寧不嗣音？
青青子佩，悠悠我思。縱我不往，子寧不來？
挑兮達兮，在城闕兮。一日不見，如三月兮。

詩經學堂

1. 青衿：學子所穿之制服也。「衿」，領子。
2. 嗣音：寄來書信。
3. 挑兮達兮：徘徊。
4. 城闕：城樓。

【白話譯文】

身穿青衿的學子啊，我對你極為思念。就算我不去看你，你難道不會先寄來報平安的書信嗎？

你佩戴著代表文士的玉珮，我對你的思念綿長無盡。我不去看你，你難道不會主動來看我嗎？約定見面的那一天，我會先到城樓上徘徊等你，就算只有一天沒見面，也像等了三個月一樣漫長。

男朋友太熱情，說要爬樹穿牆來找妳，妳該怎麼辦呢？

2-3 熱戀少女的煩惱〈鄭風·將仲子〉

少女寫下此詩，勸小男友不可衝動，應該以禮求之。

一、品味原文

　　將仲子兮，無踰我里，無折我樹杞。豈敢愛之？畏我父母。仲可懷也；父母之言，亦可畏也。

　　將仲子兮，無踰我牆，無折我樹桑。豈敢愛之？畏我諸兄。仲可懷也；諸兄之言，亦可畏也。

　　將仲子兮，無踰我園，無折我樹檀。豈敢愛之？畏人之多言。仲可懷也；人之多言，亦可畏也。

【白話譯文】

　　仲子啊！請你不要偷偷溜進我家鄰里，也不要爬樹踩斷屋外的樹！我不是捨不得那些樹，而是擔心此事傳揚出去會被我的父母、兄弟知道。我也很思念你，但是我更害怕父母兄弟責罵。

　　仲子啊！請你不要偷偷溜進我家鄰里，也不要爬樹踩斷屋外的檀樹！我不是捨不得那棵樹，而是擔心鄰居會議論紛紛。我也很思念你，但是我更害怕鄰居的閒言閒語。

二、本詩詩旨

　　這首詩描寫的是一對熱戀的少男少女，戀情被

詩經學堂

1. 將：請。即「拜託」之意
2. 仲子：次男。
3. 豈敢「愛」之：吝惜、捨不得。
4. 懷：思念。

文學書房

「人言可畏」是源自〈鄭風·將仲子〉的成語，比喻「社會輿論力量令人敬畏」，或是意指「在背後議論或誣衊的流言會傷害名譽，因此更令人感到害怕」，亦作「流言蜚語」、「人言藉藉」。

女方家長發現，女方家長反對兩人來往，因此少女被禁足在家。少男輾轉打聽，得知少女的父母兄弟在某天會出門，只剩下少女一人在家，因此想在那一天偷偷溜進少女所居的村里，爬上樹、翻過牆，到少女家中跟她見面。少女心中卻忐忑不安又煩惱！因為她確實很思念她的戀人，但又覺得少男此舉實在太莽撞，因此便以此詩歌回信，希望少男打消此念。並不是怕他爬樹時會踩壞了父親精心栽種的樹木，而是顧慮到父母家人的心情，擔心萬一父母家人知道了，一定會感到憤怒與痛心。

那麼，既然父母兄弟都不在家，又怎麼會知道此事呢？因為以前農業社會是群聚村莊，鄰居之間都沾親帶故，彼此守望相助、往來親密。雖然少女的家人出門了，但若少男真的爬樹而來，難保不會被住在附近的六叔公、大嬸婆，或是隔壁的張媽媽……看見了，到時候別人會如何在背後議論我？一定會以為我是個隨便又放蕩的女孩吧！爸媽也會被嘲笑教女無方……。想到這裡，少女便壓抑了對情人的思念，勸他不要莽撞衝動；言外之意便是希望她的情人能以禮求之，好好拿出誠意力求表現，想辦法以正面行為讓女方家人都願意接受兩人的戀情，這才是最好最正確的方式。在本詩中可以見到熱戀少女在「情」與「禮」兩端掙扎，既想見情人、又擔心惹來非議，將少女心中的忐忑與矛盾描寫的十分生動。

NEWS 時事看板

民國初年電影女明星阮玲玉留下「人言可畏」之遺言後服藥輕生，芳齡二十四歲時便香消玉殞。魯迅〈論人言可畏〉指出：「她的自殺，和新聞記者有關，也是真的。」當時的說法認為阮玲玉苦陷於前夫張達民和男友唐季珊的詆毀官司名譽中，又被媒體大肆報導，心力交瘁下才自殺。

 名人小傳

一代影后阮玲玉本名叫阮鳳根，生於上海，是默片電影時期最紅的影星。她六歲那年父親病逝，與寡母相依為命，十六歲那年經人介紹，考進明星影片公司，以《野草閒花》（飾演賣花女）一舉成名，奠定在影壇的天后級地位。無奈紅顏薄命，她的婚姻與愛情都很坎坷，在那個對女性要求高道德標準的年代，阮玲玉因流言之擾，於1935年3月8日自殺，留給影迷無限的懷念。

本詩描述年輕男女交往時的活潑互動。

2-4 打情罵俏〈邶風・靜女〉

這是一篇男女約會時，女孩故意躲藏身影，再偷看男友焦急找她的俏皮詩篇。

一、品味原文

> 靜女其姝，俟我于城隅。愛而不見，搔首踟躕。
>
> 靜女其孌，貽我彤管；彤管有煒，說懌女美。
>
> 自牧歸荑，洵美且異。匪女之為美，美人之貽。

【白話譯文】

那個美麗的女孩約我在城上角樓見面；我到了卻看不見她的身影，我急得一直搔弄頭髮，又不敢走遠去找她，後來才知道她是故意躲起來，要看我著急的樣子。

那個美麗的女孩送我一根紅色的荑枝嫩條，我很喜歡，因為這荑枝閃耀光澤，十分美好。

她從郊外回來，順手摘了這荑枝送我，我覺得這禮物很美也很特別；其實並不是這荑枝真的很美，因為這是她送我的禮物，所以我才會珍藏喜愛。

二、本詩詩旨

這是一首戀愛中的少男少女彼此開玩笑、互相調情的作品。一對情侶約在城上角樓見面，女孩先到了，卻故意躲起來；男孩到了以後見不到女孩，

詩經學堂

1. 靜女：靚女，美女。
2. 其姝、其孌：皆為美好之貌。
3. 俟：等待。
4. 「愛」而不見：「薆」之假借字，躲藏之意。
5. 搔首：用手搔髮。形容心有所思或煩急的樣子。
6. 踟躕：徘徊。
7. 貽：贈。
8. 彤管：紅色的荑條，因成管狀，故稱「彤管」。
9. 有煒：煒然；有光澤之狀。
10. 說懌女美：說懌，喜悅。說，「悅」之假借字。女，汝、這個，指荑草。
11. 自牧歸荑：牧，郊野。歸，贈。荑，茅之嫩芽。
12. 洵美且異：真是又美又特別。洵，實在是。異，特別。
13. 匪女之為美：匪，非。女，汝、這個，指荑草。

果然是十分煩惱緊張，又不敢離開去找人，只能焦急地搔首抓耳、四處張望。然後女孩現身，送給男孩一枝萑條，這是她在途中順手折下的，原本只是尋常的小花小草，然因是女友所贈，因此男孩鄭重地收下並珍藏，正是愛屋及烏之緣故。由本詩中我們可以看出年輕男女交往時活潑天眞的互動過程。

「搔首踟躕」是源自〈邶風‧靜女〉的成語，意謂以手抓頭，來回徘徊不定。形容心情焦慮著急。

三、「打情罵俏」今昔比一比

年輕男女打情罵俏十分常見，在明清時代的民間小曲中也保留了不少相關的狎暱之作，例如明代馮夢龍的〈掛枝兒〉：「幾番的要打你，莫當是戲。咬咬牙，我眞個打，不敢欺。才待打，不由我又沉吟了一會；打輕了，你又不怕我。打重了，我又捨不得你。罷罷罷！冤家也，不如不打你。」這段曲文還被張愛玲轉化引用至小說〈金鎖記〉情節中。

適度的打情罵俏可爲感情增溫，然若失了分寸也可能樂極生悲。例如2014年7月15日清晨，一對情侶在河北省武烈河旁約會，當時男子開著玩笑說：「信不信我把妳扔到河裡去？」，女子回應：「不信！」二人笑著打鬧，沒想到男子玩笑開得過火，一把將女友舉起抬到岸邊，不料卻失手讓女友掉進河裡，幸好河道管理員就在附近，聽聞男子呼喊求救，便協助將女子打撈上岸，女子並未受傷，只是虛驚一場。

文學書房

張愛玲〈金鎖記〉節錄

七巧道：「我非打你不可！」季澤的眼睛裡突然冒出一點笑泡兒，道：「你打，你打！」七巧待要打，又掣回手去，重新一鼓作氣道：「我眞打！」抬高了手，一扇子劈下來，又在半空中停住了，吃吃笑將起來。季澤帶笑將肩膀聳了一聳，湊了上去道：「你倒是打我一下罷！害得我渾身骨頭癢癢著，不得勁兒！」

〈王風‧大車〉是一位女子表達自己可以爲愛而死的詩作。

2-5 烈火濃情〈王風‧大車〉

劉若英的〈爲愛痴狂〉：「想要問問你敢不敢，像你說過那樣的愛我？」
其實兩千年前就已經有這種大膽示愛的歌謠。

一、品味原文

大車檻檻，毳衣如菼。豈不爾思？畏子不敢。
大車啍啍，毳衣如璊。豈不爾思？畏子不奔。
穀則異室，死則同穴。謂予不信，有如皦日。

【白話譯文】

你我身分懸殊，你是乘大車、穿朝服，高高在
上的貴族大夫。我非常愛你，但是又擔心你沒有勇
氣和我一起私奔。

活著的時候我們無法結合共組家庭，希望死了
之後能葬在同一墓穴。如果你懷疑我的決心，我可
以對著青天白日發誓。

二、本詩詩旨

本詩作者是一位出身寒微的女子，極可能是貴
族大夫家中的婢女，與年輕的男主人產生情愫、墜
入愛河。然而兩人門第不相當，必然遭到男方家長
的反對及拆散。女子自述爲了守護這段感情，就算
是私奔或殉情也在所不惜，但是她又擔心她的戀人
無法放棄地位、財富，無法立下與她長相廝守的決
心，因此寫下這首詩表達自己強烈的決心與情意。

詩經學堂

1. 大車：大夫之車。
2. 檻檻、啍啍：車子行進之聲。
3. 毳衣：大夫之衣。
4. 菼：介於青白之間的顏色。
5. 璊：赤色。
6. 穀：「穀」之假借字，活著。
7. 皦日：明亮的太陽。

在愛情的世界裡應該沒有貴賤之分貴。

三、身分懸殊的悲劇之愛

　　在講求門當戶對的封建時代裡，身分懸殊的愛情往往注定要以悲劇收場，不論中外的文學作品中，均有許多相關題材的代表作品。例如法國作家小仲馬的《茶花女》，便是描述法國年輕貴族亞芒與交際花瑪格麗特相戀同居，瑪格麗特爲了這段戀情洗盡鉛華，甚至變賣華服首飾來供養亞芒，但仍被亞芒的父親以「門戶之恥」爲由強力拆散，最後瑪格麗特因肺癆而香消玉殞，徒留亞芒抱憾終生。在中國相似的愛情悲劇則爲〈梁山伯與祝英臺〉，家境富裕的祝英臺女扮男裝到杭州求學，與貧家子弟梁山伯同窗三年，但憨厚的梁山伯幾經轉折才知道英臺是女紅妝；但當他欲向祝家提親時，祝家已因門當戶對之由，將英臺許配給紈絝富少馬文才，不論英臺如何抗爭，祝父仍不改變心意。梁山伯因此抑鬱而終，祝英臺則在出嫁途中躍入山伯墳中殉情，兩人之魂魄化爲一對彩蝶，翩然飛去；祝父懊悔不已，但已無法挽回。

四、延伸閱讀

　　在中國的文學作品中，有篇漢代樂府詩〈上邪〉與〈王風‧大車〉的內容非常相似，都是女子以斬釘截鐵的語氣，訴說著對愛情的堅貞不移：「上邪，我欲與君相知，長命無絕衰。山爲陵，江水爲竭，冬雷震震，夏雨雪，天地合，乃敢與君絕。」

文學舞臺劇

古代女子在追求愛情時常處於弱勢，尤其出身風塵的女性。明朝文學家馮夢龍在《警世通言》〈杜十娘怒沉百寶箱〉裡，敘述當時名妓杜十娘愛上公子李甲，想盡法子爲自己贖身。無奈，李甲雖中意杜十娘的美色，卻嫌棄她的出身。後來在偶然機會下，把她轉賣給富商孫富。杜十娘氣憤得把暗藏在文具箱子的珠寶丟入河裡，自己也跳河自殺了。

譯 白話譯文

上天啊！我要跟他相知相守，我對他的情意一輩子都不會衰減。除非是高山倒塌變成丘陵，長江之水乾涸枯竭，冬天打巨雷，盛夏下大雪，天崩地裂的那一天，我才會跟他恩斷義絕。

一位男子目送前女友乘船遠嫁，悲傷地寫下這首詩歌。

2-6 女友別嫁〈召南‧江有汜〉

張宇〈曲終人散〉是描寫女友別嫁的哀戚，其實兩千年前的〈召南‧江有汜〉便已經譜寫出了同樣的心情。

一、品味原文

江有汜。之子歸，不我以；不我以，其後也悔。

江有渚。之子歸，不我與；不我與，其後也處。

江有沱。之子歸，不我過；不我過，其嘯也歌。

【白話譯文】

江水有了支流，就如妳有了貳心，妳不願意跟我在一起，以後妳一定會後悔。

長江在水上堆積出一個沙洲，就如妳我之間有了疙瘩，妳不願意跟我在一起，以後妳一定會後悔到憂憤傷身。

長江有了分流，就如妳有了貳心，妳不願意跟我一起過日子，我只能來到長江之畔痛哭狂歌。

二、本詩意旨──無言的結局

不是每段戀情都能開花結果、走進禮堂。現在的流行歌曲中尚有不少主題是男子吟唱女友嫁給他人的悲苦，例如張宇〈曲終人散〉：「妳讓他用戒指把妳套上的時候，我察覺到妳臉上複雜的笑容；那原本該是我，付予妳的承諾，現在我只能隱身熱鬧中。我跟著所有人向妳祝賀的時候，只有妳知道

詩經學堂

1. 江有「汜ㄙˋ」：支流。
2. 之子歸：那個女子嫁人了。
3. 不我以：不跟我在一起。
4. 渚ㄓㄨˇ：水上沙洲。
5. 處：「瘋」的假借字；憂而病也。
6. 沱ㄊㄨㄛˊ：江水之分流。
7. 不我「過」：過日子。

今天妳不嫁給我，明天妳一定會後悔。

我多喝了幾杯酒，我不能再看妳，多一眼都是痛，即使知道暗地裡妳又回頭。」陳奕迅〈婚禮的祝福〉：「你的喜帖是我的請帖，你邀我舉杯我只能回敬我的崩潰；在場的都知道你我曾那麼好，如今整顆心都碎了，你還要我微笑。」這兩首都是膾炙人口的流行金曲，可見題材相當能引起共鳴。

其實遠在兩千年前，《詩經》中的〈召南‧江有汜〉也已經譜寫出相同的心情。作者所愛之女子因故別嫁，可能是因為門戶不當而遭到父母拆散，也可能是女友嫌貧愛富另攀高枝，總之這一段戀情理應在女友擇婿另嫁後便畫上句點，然而他卻難忘舊情，甚至在女友出閣之日來到長江之畔，偷偷地看著昔日女友被迎上嫁船，直到嫁船駛離已遠，他仍徘徊不忍離去。他看著長江分出的支流，便聯想到前女友變心劈腿；看著長江沖積出的沙洲，便聯想到兩人在分手時發生的爭執與疙瘩。一開始，他還說著氣話：「妳現在不願意嫁給我，等到有一天我功成名就、衣錦還鄉之時，妳一定會後悔不已，甚至會怨悔自己今日沒有遠見而拋棄我。」到了最後，伊人與帆影皆已消逝在綠水盡頭，作者也知道一切都無法再挽回，只能在長江之濱狂嘯悲歌，藉此抒發心中的鬱結悲傷。

文學書房

現今對於女子結識新的男友或婦女改嫁，常稱為「琵琶別抱」。如清代紀昀《閱微草堂筆記‧槐西雜志一》：「雖琵琶別抱，已負舊恩，然身去而心留，不猶愈於同床各夢哉。」又清末小說《廿載繁華夢‧第三十四回》：「妾受老爺厚恩，誓死不足圖報，安肯琵琶別抱，以負老爺，望老爺安心罷。」

〈衛風‧伯兮〉寫出了征夫遠行久不歸，家中妻子的相思之苦。

2-7 遙憶征夫〈衛風‧伯兮〉

本詩也寫出「相思病」無藥可醫，唯有良人早日返家才能讓妻子重展笑靨。

一、品味原文

伯兮朅兮，邦之桀兮。伯也執殳，爲王前驅。
自伯之東，首如飛蓬。豈無膏沐？誰適爲容！
其雨其雨？杲杲出日。願言思伯，甘心首疾。
焉得諼草？言樹之背。願言思伯，使我心痗。

【白話譯文】

我的愛人雄壯威武，是邦國內最優秀的英雄豪傑。他正手拿長殳、擔任先鋒，爲君王到前線奮勇殺敵。

自從他到東方出征之後，我便無心梳洗，頭髮亂得跟蓬草一樣；我不是沒有潤髮的油膏，只是既然無人欣賞，我又何必打扮呢？

我以爲快下雨了？結果是個大晴天！就像我以爲你要回來了，結果期待一再落空。但我還是要繼續思念你，即使想到頭痛都心甘情願。

在樹下種了忘憂草，希望這樣就能忘記思念你的憂傷；我還是要繼續思念你，即使想到心痛都心甘情願。

詩經學堂

1. 伯：男子排行居首稱「伯」。
2. 朅：勇武之貌。
3. 桀：英傑。
4. 殳：兵器。長丈二而無刃。
5. 前驅：先鋒。
6. 膏沐：「膏」，髮油。「沐」，洗米水。兩者皆可潤髮。
7. 適：專心。
8. 其雨其雨：快下雨了吧！
9. 杲杲：明亮之狀。
10. 首疾：頭痛。
11. 諼草：萱草、忘憂草。
12. 痗：病。

二、本詩意旨

這首詩的作者是個武士之妻，本詩之首章自述她的丈夫雄壯英勇，因此受到國君重用而「為王前驅」，這令她感到十分自豪。然而丈夫出征日久而不歸，夫妻分別之苦也令她感到十分悲傷。

第二章由「女為悅己者容」之角度帶入，平日都是為了夫君而梳妝打扮，現在夫君出征遠行，即使刻意打扮也無人欣賞，因此便懶於梳妝，以致於一頭亂髮有如蓬草般雜亂！

第三章以「望雨而天晴」比喻「盼望夫君回家而良人不歸」之失望心情；末章則以「等你等到我心痛」作結，指相思愈重、心中愁緒愈深，即使種了忘憂草也無法排解憂愁，除非良人回家方能轉憂為喜。詩中將無形的思念具體地轉化為「髮亂」、「頭痛（首疾）」、「心痛（心痛）」三個層次，相思之情由外而內、層遞加深，文字技巧十分精妙。

三、延伸閱讀

〈衛風·伯兮〉是一首妻子遙憶征夫的詩歌，《詩經》中尚有一篇〈王風·君子于役〉，亦是描述女子思念出外征戰的丈夫：

君子于役，不知其期；曷至哉！雞棲于塒；日之夕矣，羊牛下來。君子于役，如之何勿思！

君子于役，不日不月；曷其有佸？雞棲于桀；日之夕矣，羊牛下括。君子于役，苟無飢渴？

文學書房

「首如飛蓬」是源自〈衛風·伯兮〉的成語，意指頭髮散亂像飛散的蓬草，比喻無心打扮。

詩經學堂

1.「君子」于役：丈夫。

2.曷至哉：何時歸來？

3.雞棲于「塒」：黃土高原在土壁上鑿洞作為雞棲之所。

4.不日不月：不知幾月幾日才能回來。

5.曷其有「佸」：見面。

6.雞棲于「桀」：高架。

7.羊牛「下括」：下來、下山。

【白話譯文】

我的夫婿在前線征伐戍守，不知道戰爭結束的日期。他何時才能歸來呢？夕陽西下了，雞群回到巢裡或棲息在木架上，放牧的牛羊也都下山回到家中柵欄。我的丈夫卻在前線征戰無法回來，叫我怎能不思念他呢？希望他在那邊一切平安，能好好照顧自己，不要受飢受渴了。

四、談文學作品中的思婦愁緒

歷史上國君窮兵黷武之記載不斷，因此文學作品中也有相當多關於征人之妻滿懷愁思的作品，內容通常是描述遠在家鄉的妻子，對前線征戰丈夫的思念、擔心與掛懷。以下介紹三首較知名的作品：

（一）金昌緒〈春怨〉：「打起黃鶯兒，莫教枝上啼。啼時驚妾夢，不得到遼西。」內容描述妻子夢見了遙遠的前線（遼西）與丈夫見面，

你一定不知道

除了「遼西」之外，詩詞中還用哪些地名來借指前線之地呢？

1. 陳陶〈隴西行〉四首之二：「可憐無定河邊骨，猶是春閨夢裡人。」「無定河」在陝西省北部。源出綏遠省，有三源，三河合流為無定河，往東南流經陝西，至清澗縣注入黃河，因其急流挾沙，深淺無定而得名。
2. 李璟〈攤破浣溪紗〉：「細雨夢回雞塞遠，小樓吹徹玉笙寒。多少淚珠無限恨，倚闌干。」「雞鹿塞」位於今蒙古境內的哈薩格峽谷口。是古代貫通陰山南北的交通要衝。又稱為「雞塞」。

正在互訴衷曲之時，卻被窗外的黃鶯叫聲給驚醒了，她恨黃鶯打斷了她的美夢，因此怒打黃鶯，反映出家中妻子思念征夫，即使在夢中見面也聊勝於無的無奈之情。

（二）陸龜蒙〈孤燭怨〉：「前回邊使至，聞道交河戰。坐想鼓鞞聲，寸心攢百箭。」內容描述在家鄉的妻子聽說前線又開戰了，因擔心丈夫安危，內心有如被萬箭刺穿地焦慮難熬。

（三）白居易〈閨怨詞三首之三〉：「關山征戍遠，閨閤別離難。苦戰應憔悴，寒衣不要寬。」內容描述秋冬之際，妻子親手縫了綿衣寄到前線，並寫信囑咐丈夫要時時刻刻穿著冬衣禦寒，才不會著涼生病。

這些作品都以簡潔的文字表現了家中妻子對前線征人的相思和關懷；也暗示了執政者為逞私慾而發動戰爭，直接造成百姓生離死別的痛苦，譴責之意不言可喻。

！ 你一定不知道

「魚雁」為什麼可以借代為書信呢？「魚」之典故來自描述征人思婦之情的漢朝樂府詩〈飲馬長城窟行〉：「客從遠方來，遺我雙鯉魚；呼兒烹鯉魚，中有尺素書。」這裡的鯉魚不是真正的活魚，而是鯉魚形狀的薄木片。在紙還沒發明普及的時代，古人常將書信夾在兩片鯉魚形的木板中寄出，故以「雙鯉魚」為書信的代稱。「雁」則是古人相信將書信綁在雁足上，雁為候鳥往南飛時，就可以幫流落在北地之人將音訊帶到南方。典出《漢書‧蘇建傳》：「漢求（蘇）武等，匈奴詭言武死。後漢使復至匈奴，……教使者謂單于，言天子射上林中，得雁，足有繫帛書，言（蘇）武等在某澤中。」

〈鄘風·柏舟〉是一位貞潔的婦女，在夫死之後不願改嫁的誓詞。

2-8 貞婦自誓〈鄘風·柏舟〉

貞婦之母要她改嫁，於是她對天立誓，表達願意終身守節的決心。

一、品味原文

汎彼柏舟，在彼中河。髧彼兩髦，實維我儀。
之死矢靡它。母也天只！不諒人只！

汎彼柏舟，在彼河側。髧彼兩髦，實維我特。
之死矢靡慝。母也天只！不諒人只！

【白話譯文】

那條小船從河上漂走了，就像我的丈夫也從我的生命裡消失了。我寧死也不願意改嫁，母親啊、上天啊！請你們體諒我的決心吧！

二、本詩意旨

本詩的作者是一位年輕喪夫的女子，她的家人（母親）憐惜她還是花樣年華，因此勸她改嫁，但她卻斷然拒絕，甚至對天發誓寧死也不願改嫁，因為她與死去的丈夫感情極深，是以願意為他終身守節。這首詩便是她斬釘截鐵的堅持告白。《詩序》曰：「〈柏舟〉，共姜自誓也。衛世子共伯蚤死，其妻守義；父母欲奪而嫁之，誓而弗許，故作是詩以絕之。」其實未必要將詩中女主角侷限於「共姜」一人，此詩可視為所有貞潔婦女之自誓。

詩經學堂

1. 汎：漂流。
2. 髧彼兩髦：年輕男子之髮型。
3. 儀：配偶。
4. 之死矢靡它：到死也不會改嫁他人。
5. 只：句末語助詞。
6. 特：配偶。
7. 慝：邪念，指改嫁之心。

文學書房

「柏舟之誓」是源自〈鄘風·柏舟〉的成語，比喻「婦女喪夫後守節不改嫁」。亦可寫做「柏舟之節」、「矢志柏舟」。

三、談守節

在春秋戰國時代到宋代初年，還沒有強制規定女子在丈夫死後一定要守節，例如漢初的智多星陳平之妻是個富家女，因八字太硬嫁過五次、也剋死了五個老公，但陳平絲毫不以為意，仍登門求親，張家也很開心把女兒再嫁給他。漢朝的卓文君新寡回到娘家，司馬相如到卓家作客，以「鳳求凰」琴曲傳情達意，當晚卓文君就和司馬相如私奔結為夫婦，不僅無人抨擊，在文學作品中還傳為美談。漢武帝的姐姐平陽公主喪夫後還自己參予討論再嫁的對象，最後決定改嫁給大將軍衛青。宋代名臣范仲淹的母親也因孤兒寡母、貧苦無依之經濟因素，而帶著范仲淹改嫁，此事見於《宋史·范仲淹傳》記載：「仲淹二歲而孤，母更適長山朱氏。」但這在當時並未惹來非議，也未在范仲淹的官宦生涯留下汙點，可見直到北宋初年寡婦再嫁仍是一件很常見的事，是否守節或再嫁均能取決與寡婦個人的自由意願及經濟考量，旁人無從置喙。

直到南宋理學興盛，鼓吹「餓死事小，失節事大」觀念，政府也開始公開表揚「貞女節婦」，並為其豎立貞節牌坊。明清兩代更是變本加厲，有些女子為了得到牌坊光宗耀祖，甚至自毀容貌或自盡殉夫，「貞節」至此已由自發的品德演變為一種吃人的禮教！甚至有父母「鼓勵」女兒「殉夫」以換取家族榮耀，如《儒林外史·四十八回》中的腐儒王玉輝，他的女兒在喪夫後決定殉節，連夫家公

在「餓死事小，失節事大」的傳統觀念裡，古代婦女死了丈夫後，都要守節以求得到貞節牌坊，以此榮耀家族。

婆都拚命勸解，只有王秀才贊同：「我兒，你既如此，這是青史上留名的事，我難道反攔阻你？你竟是這樣做罷。我今日就回家去，叫你母親來和你作別！」後來女兒真的絕食而死了，眾人悲傷不已，王秀才卻仰天大笑道：「死的好！死的好！」因爲這樣死去的女兒便可以得到朝廷旌表爲「烈婦」，對家族而言是一件「十分光榮」之事，故明代民間流傳一首歌謠：「閩風生女半不舉，長大期之作烈女；婿死無端女亦亡，鴆酒在尊繩在樑。女兒貪生奈逼迫，斷腸幽怨填胸臆；族人歡笑女兒死，請旌籍以傳姓氏。」這首詩反映了婦女被迫殉死的慘況，家人卻因爲能獲得官府表揚而歡喜慶祝，親情與人性至此已被強烈扭曲了。而官方史料中也記載相當多年輕女子因自殘自殺而受到表揚；如清代《嘉應州志》記載：「英烈婦賴氏，嫁黃立富爲妻，婚後一年而夫死，其父母欲奪而嫁之，賴氏乃食鉤吻而死」，又「興福鄉桃溪村徐興章之婦林氏，十七歲嫁徐，婚後夫暴亡，林氏哀痛誓決殉夫，不聽勸告絕食三天自縊于房中。」兩位女子之行爲均被視爲「貞節」之舉，故死後都得到公開表揚。

至此，〈鄘風・柏舟〉中發自內心的守貞理想已遭到嚴重的扭曲與誤解。秦代未限制寡婦再嫁，然一位巴蜀地區的寡婦（名「清」，姓氏不詳）在夫死後自發性地選擇不改嫁，並致力於經商致富，最後還獲得秦始皇的表揚並名留史冊，事跡見於《史記・貨殖列傳》：「巴寡婦清，其先得丹穴，

而擅其利數世，家亦不訾。清，寡婦也，能守其業，用財自衛，不見侵犯。秦皇帝以爲貞婦而客之，爲築女懷清臺。」這位寡婦清堅強的意志與不讓鬚眉的能力都令後人感到敬佩，甚至還有學者設立「巴寡婦清研究中心」，深入研究其身世經歷與經商致富之學。反之，現今羅列在大江南北各地的明清貞節牌坊中，其中有多少是由「貞女烈婦」不甘心的血淚和屍骨所堆而成，實在值得我們深思。

名人小傳

臺中大甲鎮瀾宮供奉一尊「貞節媽」神像，這位「貞節媽」叫林春，生於清末年間，是臺灣大甲人。臺中鎮瀾宮有座「貞孝坊」，就是用來表揚堅貞的林春。出身清寒的林春自幼是童養媳，她十二歲那年未婚夫因船難死了，從此林春守著婆婆，不肯嫁人，侍奉婆婆到往生。她堅貞的品德和孝行傳了開來，連道光皇帝都有耳聞，感動之下特頒聖旨表彰，並同意建立貞節牌坊，成爲一時佳話。關於林春還有一件傳說，使她廣受世人祭拜。據說大甲鎮有祈雨的習俗，祈雨者要具備孝行，孝順的林春曾三次代表鎮民向老天爺祈雨，因孝行感動天，三次都下甘霖，爲人們解決乾旱之苦。人們在感激之餘，便開始祭拜她，祈求她保佑平安。

〈唐風‧葛生〉傳達了一個丈夫對亡妻至死不渝的深情。

2-9 思憶亡妻〈唐風‧葛生〉

本詩描述丈夫來到亡妻墳前，表達了「生同衾，死同穴」的心願。

一、品味原文

葛生蒙楚，薟蔓于野。予美亡此，誰與？獨處！
葛生蒙棘，薟蔓于域。予美亡此，誰與？獨息！
角枕粲兮，錦衾爛兮。予美亡此，誰與？獨旦！
夏之日，冬之夜。百歲之後，歸于其居。
冬之夜，夏之日。百歲之後，歸于其室。

【白話譯文】

　　葛藤攀上了樹木，郊野墓地長滿了薟草！美麗的妳就葬在此處。從今之後誰會陪在我身邊呢？我只剩獨自一人了！

　　妳用過的棉被枕頭仍燦爛如新，但是妳已被葬在此地。從今之後誰會陪在我身邊呢？只有我自己失眠到天明。

　　夏去冬來，冬去夏來，日子一天天過去了，等我死後，我也要和妳合葬在一起。

二、談夫婦合葬

　　夫婦或家族合葬之習俗由來已久，郭沫若《中國史稿》：「在半坡墓地，發現了兩個男子合葬和四個女子合葬的墓葬各一座。新石器時代的合葬，

詩經學堂

1. 葛生蒙楚：葛藤蔓生在楚木之上。
2. 薟：野草名。
3. 予美亡此：我美麗的妻子葬在此處。
4. 域：墓地。
5. 角枕：方枕。
6. 衾：棉被。
7. 百歲：百年，指死後。

中國人有夫妻合葬的習俗

常表現為同一家族，或兄弟姐妹，或一男子同其妻妾。」周代關於合葬的正史非常少，只見於《禮記·檀弓》：「季武子曰：『周公蓋祔』。〈注〉曰：『祔』謂合葬。」但《詩經》之〈王風·大車〉「穀則異室，死則同穴」與本詩均反映出周代仍有愛侶合葬之現象。西漢關於夫婦或情侶合葬的記載非常多，如《漢書·衛青傳》：「（衛青與平陽公主）合葬，起冢象廬山云。」漢代樂府詩〈孔雀東南飛〉恩愛夫妻焦仲卿和劉蘭芝雖已被拆散離婚，但死後也被合葬。漢武帝守寡的姑姑館陶公主死後還和心愛的情夫合葬，見於《漢書·東方朔傳》：「館陶公主號『竇太主』，……主寡居，年五十餘矣，近幸董偃。……（董偃）至年三十而終。後數歲，竇太主卒，與董君會葬於霸陵。」而考古文物也證實文學作品中的記載，西安市文物保護考古研究院在北二環中發掘出十座漢墓，由出土文物考證推斷其中有兩座應是夫妻合葬墓，由於是夫妻同墳異穴合葬，由墓中的一套鐵鎧甲推斷丈夫是西漢中晚期的高級軍吏，應是丈夫先去世埋葬，多年後妻子去世後再開墳進行合葬。

不過這裡所談的「合葬」有兩種意涵，一種是指兩人同時死亡（如〈孔雀東南飛〉中的殉情）時被合葬於同一墓室之中；若是夫婦先後過世之合葬，較晚過世者要下葬時就必須先挖開先逝者的墳塋，在先逝者的墓穴旁再造一個墓穴，最後再重新打造隆起的墳塋供後人祭祀追念。

〈孔雀東南飛〉：「兩家求合葬，合葬華山傍。東西植松柏，左右種梧桐，枝枝相覆蓋，葉葉相交通；中有雙飛鳥，自名為鴛鴦，仰頭相向鳴，夜夜達五更。」

〈孔雀東南飛〉裡焦仲卿的妻子劉氏是婆媳不合下，被犧牲的悲劇人物。

至於丈夫死了，要求青春健康的妻妾到墓穴陪死的作法則稱爲「殉葬」，在本書第五章〈秦風・黃鳥〉有專文介紹，讀者切勿將「合葬」與「殉葬」混爲一談。

三、本詩意旨

〈唐風・葛生〉是一個男子來到妻子的墳前，對她傾訴著心中的相思與悲情。枕衾猶在，佳人已逝，猶如孤雁失伴；他暗中立誓，雖然再也不能與妻子同甘共苦，但自己死後一定要跟妻子同墓合葬，以求永世長眠相守。由本詩我們可以體會一個丈夫對亡妻至死不渝的深情。

四、延伸閱讀

「悼亡詩」是指男子爲了哀悼死去妻子所作的詩篇，〈唐風・葛生〉是中國最早的悼亡詩，之後每個朝代都有類似的深情作品，其中最有名的傑作應屬宋代蘇軾的〈江城子〉：

十年生死兩茫茫，不思量，自難忘。千里孤墳，無處話淒涼。縱使相逢應不識，塵滿面，鬢如霜。

夜來幽夢忽還鄉，小軒窗，正梳妝，相顧無言，唯有淚千行。料得年年腸斷處，明月夜，短松崗。

譯 白話譯文

〈江城子〉

一轉眼妳已經過世十年，我從來沒有刻意要想妳，卻沒有一天能忘記妳！妳的墳遠在千里外的家鄉，因此我現在無法到妳墳前親口述說我的相思與悲傷，就算妳現在看到憔悴失意的我，應該也認不出來了吧！

昨天夜裡我忽然夢見回到故鄉，妳就坐在窗前梳妝，你我相互凝視，一句話都說不出口，只能流下滿面清淚。每年的今晚都是我最傷心的時刻，只要一想起妳的墳還坐落在故鄉的松崗上，無人祭掃，只孤獨地被月光所籠罩。

五、古今時事比一比 ——「生死與共、愛侶合葬」

2011年10月，一群翻修工人在義大利北部城市摩德納的一所宮殿牆壁中發現一對男女的骸骨，兩具骸骨的姿勢就猶如女性深情凝望著身旁的伴侶，從姿勢看來，他們很可能是一對同時死亡而被合葬的夫妻或情侶。

現代臺灣因喪葬觀念改變，往生者多以火葬取代土葬，因此後人改以「將夫妻兩人之骨灰罈放置於同一靈骨塔位中」之方式生死與共。例如2014年5月2日，馬英九總統的母親秦厚修去世後，馬家人便將秦厚修的骨灰安厝在富德公墓靈骨塔四樓；並將馬總統父親馬鶴凌（2005年11月1日去世）的骨灰罈由一樓移到四樓秦厚修的塔位中，讓這對老夫妻得以同厝長眠。

義大利千年合葬墓遺骸

〈邶風‧凱風〉是子女歌頌母愛偉大的詩篇。

2-10 詠懷母恩〈邶風‧凱風〉

詩中自嘆年輕時不成材，不能奉養母親，現在雖有能力，卻已是「子欲養而親不在」。

一、品味原文

凱風自南，吹彼棘心；棘心夭夭，母氏劬勞。
凱風自南，吹彼棘薪；母氏聖善，我無令人。
爰有寒泉，在浚之下；有子七人，母氏勞苦。
睍睆黃鳥，載好其音；有子七人，莫慰母心。

【白話譯文】

夏天的風從南方吹來，溫柔地吹拂著新生的嫩芽。嫩芽越來越茁壯茂盛，有如我們在母親的辛勞照料中日益成長。

夏天的風從南方吹來，溫柔地吹拂著長成的枝幹。我們也已長大成人，母親是如此偉大，我們兄弟卻沒有功成名就來報答她。

浚城湧出了寒泉，造福了所有的居民；我們有兄弟七人，卻無法讓勞苦的母親好好享清福。

樹上的黃鳥唱著優美的旋律讓人們欣賞，我們兄弟七人卻因為母親已經過世，再也無法悅慰母親之心。

二、本詩意旨

〈邶風‧凱風〉以四個層次來歌頌母愛。首章

詩經學堂

1. 凱風：南風、夏風。
2. 棘心：初生之棗樹枝芽。
3. 夭夭：茂盛之狀。
4. 棘薪：棗樹枝幹。
5. 令人：好人、有成就之人。
6. 浚：衛國地名。
7. 睍睆：美妙。

寶寶，媽媽抓了好多肥蟲，多吃點唷！

以樹的嫩枝象徵孩子剛出生之時，此時嬰孩稚嫩且無法自理，故母親褓抱提攜、細心呵護，若遇小孩生病，父母的焦慮擔心與不眠不休的辛勞更是難以言喻，故《論語‧為政》：「父母唯其疾之憂。」

次章以嫩枝已茁壯為枝幹，象徵孩子已發育未成人，此時母親關心的是孩子的教育問題，擔憂是否會誤交損友、走入歧途。作者曰「母氏聖善，我無令人」，可能為謙虛之語，謙稱自己兄弟在學業方面並未有傑出表現。

三章談到貢獻與反哺，象徵孩子已到成家立業，能夠孝養母親的人生階段，但因兄弟七人能力不足，故母親仍為了家庭子女而勞心勞力，未能安享清福。

末章最是惆悵，好不容易兄弟七人皆有成就，不僅可以在物質上給予豐富的敬養，甚至可如老萊子般愉悅母心，然而此時母親已逝，「樹欲靜而風不止，子欲養而親不在」，只徒留兒女無限的遺憾與自責自疚。是以孔子將本詩選入《詩經》，以提醒世間人子當及時盡孝。

三、延伸閱讀

《詩經‧小雅‧谷風之什‧蓼莪》也是一篇感念頌讚父母恩德，並後悔無法及時孝養雙親的詩作：

> 蓼蓼者莪，匪莪伊蒿；哀哀父母！生我劬勞。
> 蓼蓼者莪，匪莪伊蔚；哀哀父母！生我勞瘁。
> 缾之罄矣，維罍之恥；鮮民之生，不如死之久矣。

文學書房

「凱風之思」、「寒泉之思」均是源於〈邶風‧凱風〉的成語，用以比喻「母親去世後，深切地感懷追憶母恩」。例如《後漢書‧東平憲王蒼傳》：「今送光烈皇后假紛帛巾各一、及衣一篋，可時奉瞻，以慰凱風寒泉之思。」《三國志‧蜀書‧先主甘后傳》：「今皇思夫人宜有尊號，以慰寒泉之思。」

　　無父何怙？無母何恃？出則銜恤，入則靡至。

　　父兮生我，母兮鞠我；拊我畜我，長我育我，

　　顧我復我，出入腹我；欲報之德，昊天罔極。

　　南山烈烈，飄風發發；民莫不穀，我獨何害？

　　南山律律，飄風弗弗；民莫不穀，我獨不卒。

【白話譯文】

　　種下了莪菜的種子，卻長出了不值錢的蒿菜和蔚菜；就如我的父母對我期望很深，辛苦地栽培我，我卻不成材。

　　兒女不能孝養父母，真是羞恥啊！像我這種人，還不如早點死了算了！

　　無父無母的孤兒能依靠誰呢？我懷著悲傷，再也無處可以感受父母的無私之愛。

　　父母生下我，照顧我、撫養我、教育我、拉拔我，父母的恩惠比天還高。

　　南山吹來凜冽的寒風，大家都有父母相依，我卻父母雙逝，再也不能感受天倫之樂了。

你一定不知道

古典文學中有哪些孝順的動物呢？

1. 烏鴉：相傳烏鴉長成後，會反哺年老無法覓食的老烏鴉，故以「烏鳥私情」比喻奉養長輩的孝心。李密〈陳情表〉：「臣密今年四十有四，祖母劉，今年九十有六，……烏鳥私情，願乞終養。」白居易〈慈烏夜啼〉也稱讚：「慈烏復慈烏，鳥中之曾參。」

2. 羔羊：羔羊跪地吸乳，故用以借指知恩盡孝。蔡邕〈為陳留太守奏上孝子程末事表〉：「烏以反哺，託體太陽；羔以跪乳，為贊國卿。禽鳥之微，猶以孝寵。」

四、現代的凱風之思

　　現代雖醫療進步、平均年齡提高，但仍有相當多人在有能力孝養母親時，母親已然過世，在相關節日之前夕，便會有相當深刻的「凱風之思」。游錫堃先生於2014年母親節前夕，在他的臉書上回憶他的母親游黃秀菊女士，內容提及父親很早就過世，幼年生活艱苦，全靠母親獨力照顧，辛苦拉拔長大。他回憶小時候媽媽常叫他出門撿乾草燒飯，他因為天黑不敢出門，媽媽便說：「那我陪你去」，於是母子便作伴到戶外撿乾草；長大後才知道，原來當年是媽媽不敢去，所以才故意找游錫堃陪著作伴。當時的點點滴滴雖然辛苦，但現在都變成思念母親的甜美記憶。

　　又如童星演員潘親御，在戲劇中精準詮釋叛逆孩子與媽媽的親子關係，但現實生活中，潘親御的母親已因肝癌過世。潘親御的父親接受訪問時曾提到，潘親御是個堅強的孩子，雖然嘴上不說，卻會默默地、一次又一次看著電腦上全家人到北海道旅遊的照片，藉此懷念母親。有一次潘爸爸無意看見親御又在觀看母親的照片，也跟著淚溼眼眶。

本詩作者因禮法所限，雖然擔憂，卻無法返鄉，只能遙遠地爲家鄉祈禱。

2-11 夢迴故鄉〈衛風‧河廣〉

詩中反映了故鄉發生災變，遠嫁的女子恨不得早點趕回故鄉去探望家人的焦急心情。

一、品味原文

誰謂河廣？一葦杭之。誰謂宋遠？跂予望之。

誰謂河廣？曾不容刀。誰謂宋遠？曾不崇朝。

【白話譯文】

誰說黃河浩瀚寬廣？只要給我一艘小船，我就能平安渡河。誰說宋國離我的娘家路途遙遠？我站在河邊踮起腳尖，就能望見我的故鄉。

誰說黃河浩瀚寬廣？只要給我一艘小船我就能平安渡河。誰說宋國離我的娘家路途遙遠？今晚登船，明天破曉前就能回到我的故鄉。

二、〈衛風‧河廣〉的歷史背景

《左傳‧閔公二年》：「衛懿公好鶴，鶴有乘軒者。將戰，國人受甲者，皆曰：『使鶴！鶴實有祿位，余焉能戰。』……狄入衛，遂從之，又敗諸河。……衛之遺民，男女七百有三十人，益之以共滕之民，爲五千人。」這是記載春秋時代的衛懿公喜愛養鶴，並花費鉅資在養鶴而荒廢政事，甚至封鶴爲「鶴將軍」並發給俸祿，引來民怨。後來北方蠻族狄人乘機入侵，但軍隊都不抵抗，士兵說：

詩經學堂

1. 一葦：一艘小船。

2. 杭：「航」之假借字。

3. 跂：踮起腳尖。

4. 刀：「舠」之假借。「舠」，小船。

5. 曾不崇朝：清晨破曉前就可抵達。

文學書房

歷史上的愛鶴人

北宋詩人林和靖很喜愛梅花和白鶴，把梅花視作愛妻，白鶴視作孩子，而稱「梅妻鶴子」。林和靖性情孤僻，不愛與人交際應酬，厭惡作官，終生隱居在山林，表示青山綠水與自己最情投意合。大陸杭州西湖孤山一帶有「放鶴亭」和「林和靖先生墓」，是紀念大詩人的名勝古蹟。

「我們都沒領到軍餉，無法上戰場殺敵！請國君命令鶴去抵抗敵人吧，因為牠們都領了將軍的高官厚祿。」都城朝歌因此被狄人攻陷、衛懿公被殺，衛國百姓紛紛逃亡到鄰近各國，幸虧宋桓公出兵相救，衛國才未亡國。

當時衛國有兩位公主分別嫁給宋桓公和許穆公，史稱「宋桓夫人」及「許穆夫人」，她們在聽到故國發生兵災時，都十分著急且擔憂，也跟丈夫提起想回故鄉探視王室宗親的心願，但我們在第一章的〈周南‧葛覃〉篇中提過，春秋時代各國諸侯間常以聯姻方式來鞏固外交，各國公主一旦出嫁後，為了防止洩露夫家國度的政治或軍事機密，天子和諸侯（國君、卿）的夫人除非被休棄，否則終生無法再返回父母之國。因此兩位公主的心願當然是立刻被宋、許兩國的大臣給否決了，但大臣們也不好意思直接批評國君夫人的請求是「違反禮法」，只能很委婉地以「路途太遙遠」、「黃河波濤洶湧、坐船不安全」等理由駁回請求。

〈衛風‧河廣〉便是宋桓夫人得知自己返鄉探視的心願落空後所寫之詩，她針對群臣所反對的理由提出反駁：「黃河風浪不大啊！坐上小船就可平安渡河了！」「路途不遠啊，晚上出發，清晨就到了！」然而受於禮法所限，宋桓夫人始終無法回到故鄉，只能在宋國宮廷內焚香為衛國災民祈福。

三、延伸閱讀

　　同一時間，宋桓夫人的姐妹許穆夫人也寫下了〈鄘風‧載馳〉，幻想自己駕車趕回衛國幫助災民。由〈衛風‧河廣〉和〈鄘風‧載馳〉中，我們都可看出兩位公主恨不得早點趕回故鄉去探視家人與災民的焦急心情：

　　載馳載驅，歸唁衛侯。驅馬悠悠，言至于漕。大夫跋涉，我心則憂。

　　既不我嘉，不能旋反。視爾不臧，我思不遠。

　　既不我嘉，不能旋濟。視爾不臧，我思不閟。

　　陟彼阿丘，言采其蝱。女子善懷，亦各有行。許人尤之，眾穉且狂。

　　我行其野，芃芃其麥。控于大邦，誰因誰極？大夫君子，無我有尤。百爾所思，不如我所之。

【白話譯文】

　　多希望能駕車馳騁，趕回衛國的漕邑去慰問衛國宗親。但是我想大概也跑不遠，半路就會被許國大夫攔截追回。

　　你們這些大臣啊！不肯讓我回鄉探視，你們絲毫沒有同理心，完全不同情我對家鄉深切的掛念。

　　我只能試圖登高遠望家鄉，並收集可以治療憂鬱的貝母藥材。我心中充滿回故鄉的渴望，回鄉的理由也十分正當，你們這些大夫卻狂妄傲慢地否定了我的想法。

　　許國的原野上種著茂盛的大麥，我想去求助武力強大的國家，希望他們主持正義解救衛國！許國

詩經學堂

1. 唁ㄧㄢˋ：慰問。
2. 既不我「嘉」：肯定認同。
3. 視爾不臧，我思不遠：我覺得你們沒有同情心，你們覺得我違反禮法，思慮不深遠。
4. 蝱ㄇㄥˊ：貝母，可治鬱結之疾。
5. 善懷：心中充滿憂思。
6. 穉ㄓˋ且狂：驕傲又狂妄。
7. 誰因誰極：哪個國家能替我主持正義？
8. 百爾：眾人、眾大臣。

的大夫啊，請不要隨便批評我的想法，因爲你們不像我這麼地深愛衛國。

四、今之勇者

近年來，臺灣天災人禍不斷，有許多人平常遠離故鄉到外地工作，然而只要一聽到故鄉有難，便不惜放下手邊工作，立刻趕回家鄉救災，這樣的大愛與勇氣值得我們敬佩。

2009年莫拉克颱風來襲，屏東各山區部落受災嚴重，四位身懷山難搜救技術之年輕人排除萬難，在第一時間趕回屏東縣佳暮村的部落救災，花了六天的時間救出一百三十五名鄉親。「佳暮英雄」中的柯信雄、賴孟傳是南搜山難救助協會人員，徐仁輝、徐仁明兄弟是航特部涼山特勤隊員，都有豐富救難經驗。平日他們身爲服務業人員、民宿老闆跟軍人，但聽到家鄉有難，親人都還在部落裡，於是在第一時間請假回家，幾經努力以空降方式回到佳暮部落展開救援行動，終於救出了全村鄉親。回到救災指揮所後，他們受到英雄式的歡迎。這群英雄雖然疲累，但還是熱心表示：等稍事休息恢復體力後，仍要繼續投入救災工作。

又，2014年8月1日凌晨，高雄市發生重大氣爆事件，在四川重慶經營紡織廠的臺商李婕寧，在FB得知消息後，便立刻設法趕回臺灣，驅車到五權國小指揮所擔任義工。李婕寧說，令她最感動是現場也有很多小朋友自願來幫忙，可以感受到眾人不分男女老少，團結動員爲家鄉奉獻的心意。

柯信雄

賴孟傳

徐仁輝

徐仁明

〈鄭風‧揚之水〉反映了兄弟遭人離間，其中一人煩惱焦急的心情。

2-12 兄弟相依〈鄭風‧揚之水〉

作者希望兄弟勿輕信他人造謠，手足團結才能振興家業。

一、品味原文

揚之水，不流束楚。終鮮兄弟，維予與女。無信人之言，人實迋女。

揚之水，不流束薪。終鮮兄弟，維予二人。無信人之言，人實不信。

【白話譯文】

再激揚的江水也無法沖走整捆柴薪；就如同兄弟必須團結，才不會被人離間。我們家的人丁已經很少了，只有你和我兄弟兩人相依。千萬不要聽信別人的讒言，那些不值得信任的外人所說出的謊言都是在騙你的！

二、談兄友弟恭

《論語‧學而》：「孝弟也者，其為仁之本與。」《史記‧五帝本紀》：「使布五教于四方，父義母慈，兄友弟恭，子孝，內平外成。」可見自古以來，孝順父母、友愛手足便是修身齊家的仁德之本。

歷史上有許多關於兄弟友愛而興家立業的故事，例如孔子的學生閔子騫遭繼母虐待，父親發現

詩經學堂

1.揚：激揚。
2.束楚：細綁成整束的楚木。
3.終「鮮T｜ㄢˇ」兄弟：少。
4.維「予」與「女」：「予」，我。「女」，「汝」之假借，「你」之意。
5.迋ㄨㄤˋ：誆騙。
6.人實不信：外人不值得信任。

打虎還得親兄弟，同胞手足須齊心。

後想休妻，閔子騫卻以「母在一子寒，母去三子單」爲繼母及兩位異母弟弟求情：是以孔子稱讚他孝悌雙全：「孝哉閔子騫！人不間於其父母昆弟之間。」南朝吳均的《續齊諧志》則記載漢代田家三兄弟在父母過世後要分家，三人錙銖必較，財產都分完了，居然連院子裡的紫荊樹也要平分成三份，第二天取了鋸子要來鋸樹時，才發現一夕之間樹已枯死，三兄弟這才悔悟：「樹本同株，聞將分斫，所以憔悴。是人不如木也。」於是不分家了，從此團結互助並傳爲美談。

不過，歷史上也常見爲了爭位奪權而兄弟鬩牆、骨肉相殘的悲劇，例如《史記·蒙恬列傳》：「始皇至沙丘崩，祕之，群臣莫知。是時丞相李斯、公子胡亥、中車府令趙高常從。……（趙高）陰謀立胡亥爲太子。太子已立，遣使者以罪賜公子扶蘇、蒙恬死。」記載秦始皇死後，秦始皇的次子胡亥和宦官趙高合謀假造聖旨賜死長子扶蘇，以此奪得帝位。隋文帝之次子楊廣也曾搬弄是非，使隋文帝廢了太子楊勇，改立楊廣爲太子；隋文帝在病重時發現實情，有意再立楊勇爲太子，但被楊廣發現，楊廣便假傳文帝遺囑要楊勇自盡，將楊勇處死。事見於《資治通鑑·隋紀四》：「乙卯，發喪，太子（楊廣）即皇帝位。會伊州刺史楊約來朝，太子遣約入長安，易留守者，矯稱高祖之詔，賜故太子（楊）勇死，縊殺之。」如胡亥、楊廣者，雖如願取得政權，但均因兄弟相殘而在歷史上留下罵名。

！ 你一定不知道

有靈性的紫荊樹
吳均《續齊諧志》：京兆田眞兄弟三人，共議分財。生資皆平均，唯堂前一株紫荊樹，共議欲破三片。明日，就截之，其樹即枯死，狀如火燃。眞往見之，大驚，謂諸弟曰：「樹本同株，聞將分斫，所以憔悴。是人不如木也。」因悲不自勝，不復解樹，樹應聲榮茂。兄弟相感，合財寶，遂爲孝門。眞仕至大中大夫。

文學舞臺劇

胡亥與趙高廣爲人知的故事爲「指鹿爲馬」。有一天，野心勃勃的趙高帶了一頭鹿上朝，胡亥問爲何帶頭鹿來皇宮？趙高假裝吃驚地表示，明明是一匹駿馬，皇帝怎麼看成是鹿？其他的大臣害怕趙高，也諂媚地附和是馬不是鹿。傻呼呼的胡亥也只好承認看錯了。

三、本詩意旨

〈鄭風‧揚之水〉的作者在很短的詩篇中點出了兩個重點，（一）只有兄弟兩人相依；（二）兄弟遭人離間而產生誤會，他十分焦急，希望他的兄弟能聽他解釋，不要受到外人的挑撥。詩中除了表達出煩惱焦急的心情外，也以「揚之水，不流束薪（長江之水雖然洶湧，也沖不走整捆的柴薪）」來比喻唯有兄弟團結一心，方能共同抵禦外界的困難。希望他的兄弟能趕快即時悔悟，重新建立手足之情。

黃贛財

四、現代社會中的兄弟情

古代為農業社會大家庭，故兄弟必須團結一心才能守住家業。現今社會中亦常見兄弟於患難環境中互相扶持的實例，令人十分感動，如八十歲大寮區農民黃贛財獲頒2014年高雄市第四十屆模範父親，他的弟弟黃宗雄（前復華中學校長）也曾獲頒第二十八屆模範父親，兄弟先後獲獎傳為佳話。當年因為弟弟比較會讀書，所以黃贛財繼承父業務農，全力栽培弟弟。弟弟黃宗雄大學畢業任教杏壇，以感恩回饋的心栽培哥哥的孩子，如今兩人之兒女個個事業有成，兄弟兩人以身作則，手足情深、恭友孝悌，不僅是晚輩的好榜樣，也值得眾人敬佩學習。又，交通大學光電工程研究所博士生梁辛瑋獲頒 2014年教育部全國慈孝家庭楷模，他表示從小家境不好，曾經四兄弟合吃一顆蘋果，分食

黃宗雄

一個便當！二十歲時父親因病失業，家中經濟更如雪上加霜，還好當時兄長已出社會工作養家，不但全額負擔家庭開支，還幫他準備筆記型電腦與機車，讓他能無後顧之憂從事研究工作，雖然家境清寒，但因感受到家人之間的愛，因此更能體會感恩與回饋。梁媽媽則因四個孩子都懂事又上進而感到非常欣慰。

然而現今社會中亦可見到富家兄弟為了爭奪財產而翻臉鬩牆的例子，大家長死後留下的龐大遺產，常引發家族爭奪戰並導致親人失和。例如臺灣有位陳姓富商，因從事蔬果運輸業而發跡，後來又涉足紡織、貿易業成為巨富。陳某往生後留下近百億元財產，子女卻因分配父親遺產爭執不下，使得陳某遺體停放在自宅長達四年而無法下葬。以上「身處在困境中仍能攜手扶持」與「生於豪門而兄弟為爭奪財產鬩牆」的例子兩相對比，真是令人不勝唏噓。

你一定不知道

兄弟不合又稱為「方底圓蓋」，典出北齊顏之推《顏氏家訓‧兄弟》：「今使疏薄之人，而節量親厚之恩，猶方底而圓蓋，必不合矣。」意思是兄弟感情不好，彼此愛計較；就像是一個方底容器配上一個圓形蓋子，兩者絕對無法相契合。故成語「方底圓蓋」便是兄弟不合之意。

一起出生入死的異姓兄弟，樂於共享各種資源，以求共度難關。

2-13 袍澤情誼〈秦風・無衣〉

〈秦風・無衣〉記載了英勇的將士之間，無可取代的真摯情感。

一、品味原文

豈曰無衣？與子同袍。王于興師，脩我戈矛，與子同仇。

豈曰無衣？與子同澤。王于興師，脩我矛戟，與子偕作。

豈曰無衣？與子同裳。王于興師，脩我甲兵，與子偕行。

【白話譯文】

你為什麼說你沒有衣服呢？我的外套、內衣和褲子裙子，都可以跟你同穿共用！周宣王要秦國幫忙出兵征伐西戎，快準備好盔甲和武器，我們要一起出發去攻打敵人了！

二、談「王于興師」之背景

《史記・秦本紀》：「周厲王無道，諸侯或叛之。西戎反王室，滅犬丘大駱之族。周宣王即位，乃以秦仲為大夫，誅西戎。西戎殺秦仲。秦仲立二十三年，死於戎。有子五人，其長者曰莊公。周宣王乃召莊公昆弟五人，與兵七千人，使伐西戎，破之。於是復予秦仲後，及其先大駱地犬丘并有

詩經學堂

1. 袍：有夾層的外衣。
2. 興師：出兵。
3. 同仇：一起對付仇敵。
4. 澤：「襗」的假借字，內衣。
5. 戈、矛、戟：皆為長兵器。
5. 偕作：一起出發。
6. 裳：下身的衣裙稱為「裳」。毛亨：「上曰衣，下曰裳。」
7. 甲兵：盔甲和兵器。

之，爲西垂大夫。」這段史實記錄了秦國的崛起。春秋各國中，崛起於西戎的秦國百姓擅於騎射，兼之獎勵軍功、不斷改良武器裝備，憑藉著強悍的戰鬥實力而快速稱霸，連周天子都要敬畏三分。

　　本詩的歷史背景發生於西周宣王之時。周宣王的父親周厲王是個昏庸無道的暴君，在位時眾叛親離，連西戎的蠻族也趁機作亂。當時，秦國還只是一個靠近西戎的蕞爾小邦，多年來與西戎互爭地盤，西戎還曾由秦國首領大駱手中搶走犬丘之地，雙方關係相當緊張。周宣王即位後，爲了消滅西戎的反叛勢力，利用西戎和秦國的敵對關係，封秦國首領秦仲爲大夫，命他攻打西戎，但秦仲在戰役中不幸喪生。周宣王又命令秦仲的五個兒子繼續率領軍隊作戰，終於打敗西戎。於是周宣王封秦仲的長子爲秦莊公，並將所占領的西戎之地都封贈給秦國作爲獎賞，之後秦國才漸漸強大起來。故詩中的「王于興師」，便是指周宣王要秦國出兵討伐西戎這段史事。

三、談袍澤情誼

　　對戰士而言，軍旅生活十分艱辛，三軍將士們不僅要面對日常生活中物資的簡陋缺乏，心靈更要承受遠離故鄉家人的孤獨寂寞，以及朝不保夕、隨時可能面臨死亡的恐懼。也因此，與身邊這群同甘苦、共患難，一起在槍林彈雨下出生入死的好哥兒們，常常會培養出生死與共的革命情感。本詩內容便是描寫秦國的兵士於戰役中能同甘共苦、分享資

穿越千年時空

周厲王在位期間曾發生一起平民武裝抗爭，史稱「國人暴動」。原因在於周厲王重用奸臣夷公，實施暴政，人民生活在水深火熱中，痛苦不堪。在吃不飽穿不暖，又天天活在恐怖的統治下，百姓群起抗爭，衝進皇宮，想殺了周厲王，雖然沒有成功，但周厲王急奔出京，逃到彘地。之後，周王室由周定公、召公共同執政十四年，直到厲王死後，才由厲王長子姬靜即位，是爲周宣王。

文學書房

自〈秦風‧無衣〉之後，「同袍」、「同澤」、「袍澤」均成爲對戰友與軍中同事的稱呼。「同袍之誼」、「袍澤情誼」則用以形容軍人間生死與共、休戚相關的情誼。

源，並互相鼓勵之言。

四、〈秦風〉為後世戰爭詩之濫觴

秦國有尚武之風，並以超強的戰鬥實力迅速稱霸於春秋時代；在《詩經・國風》的詩篇中，也惟獨〈秦風〉裡才出現描述英勇作戰的詩篇，如〈小戎〉及本篇〈無衣〉，均可視為後世戰爭詩之起源。

但如漢代樂府的戰爭詩「鎧甲生蟣蝨，萬姓以死亡。白骨露於野，千里無雞鳴。」（曹操〈蒿里行〉）和唐朝邊塞詩「誓掃匈奴不顧身，五千貂錦喪胡塵。可憐無定河邊骨，猶是深閨夢裡人。」（陳陶〈隴西行〉）都著重於描寫戰爭帶給人民的苦難。王翰《涼州詞》：「葡萄美酒夜光杯，欲飲琵琶馬上催。醉臥沙場君莫笑，古來征戰幾人回。」則流露出將士朝不保夕、不如及時行樂的無奈，詩風皆流於消極哀傷。

相較之下，本詩在遣詞用字上相當慷慨豪邁，充滿男子漢的陽剛氣魄，也展現出身處亂世之中，既然無法避免戰爭，便要積極面對挑戰的勇氣。

五、古風猶存的現代袍澤情誼

臺灣雲林縣土庫鎮有一個動人的同袍情誼實例，比任何軍教片都感人：來自雲林土庫的林復隆入伍服役時在海軍陸戰隊擔任班兵，當時的班長是1923年出生的彭國固，彭國固十八歲時隨部隊撤退來臺，和林復隆十分投緣，對他非常照顧。林復隆知道彭國固隻身在臺，所以休假時常邀班長到家中作客，兩人雖相差二十一歲，但情誼十分深厚。1972年彭國固因眼疾提前退伍後，到土庫投靠林復隆，當時林復隆家有父母及四個小孩，經濟並不寬裕，但仍義不容辭地答應了。四十二年來，林氏夫妻貼心照料彭國固，爲「班長」準備了舒適套房，每天都幫他量血壓。彭班長則幫忙林氏夫妻賣豬肉和照顧孩子，林家子女也一直尊稱彭爲「阿伯」；彭、林二人既是同袍，林也將彭視如父兄尊敬，讓單身在臺、終生未娶的彭國固，在高齡九十一歲時仍得以享受天倫團圓之樂，這段袍澤情誼也在當地傳爲美談。

本詩藉由百姓愛護甘棠樹的作為，暗示召伯在百姓心中的崇高地位。

2-14 永懷賢官〈召南‧甘棠〉

清廉正直、為百姓著想的官員，必定受到民眾的感念與愛戴；即使日後離開當地，其容顏與精神仍永遠留在百姓的心中。

一、品味原文

蔽芾甘棠，勿翦勿伐，召伯所茇。
蔽芾甘棠，勿翦勿敗，召伯所憩。
蔽芾甘棠，勿翦勿拜，召伯所說。

【白話譯文】

那棵茂盛的甘棠樹，你們千萬不能去砍倒它，甚至不能折斷它的枝條，或是彎曲它的樹枝，因為召伯曾經坐在那棵樹下休息。我們要好好愛護這棵樹，才能睹物思人，永遠懷念那位有才德的好官員。

二、受人民感念的召伯

「召」是地名，位於今日的陝西省岐山西南方。西周初年，周武王將「召」賜給姬奭為封國，所以姬奭又被稱為「召公奭」。《史記‧周本紀》：「召公、周公二相行政，號曰『共和』。共和十四年，厲王死于彘。太子靜長於召公家，二相乃共立之為王，是為宣王。宣王即位，二相輔之，脩政，法文、武、成、康之遺風，諸侯復宗周。」

詩經學堂

1. 蔽芾：草木茂盛狀。
2. 甘棠：樹名。
3. 翦：剪去枝葉。
4. 伐：砍伐。
5. 茇：坐在草地上休息。
6. 勿敗：不要折斷樹枝。
7. 勿拜：不要彎曲樹枝。
8. 召伯所「說」：停車休息。

「思人愛樹，甘棠不翦。」人民以此懷念召伯。

本詩的「召伯」，便是姬奭的嫡系子孫姬虎（召穆公），史稱「召穆公虎」，又簡稱「召虎」，百姓尊稱他「召伯」。召穆公是一位賢德的官員，周厲王無道，要殺自己的兒子，召穆公便冒著生命危險把太子姬靜藏在自己家中予以庇護；周厲王死後，太子姬靜即位成為周宣王，由召穆公與周定公共同輔佐，史稱「周召共和」，使周王室受到諸侯尊崇。

召穆公曾到召國各地巡行，但他不願為了自己享受而大興土木、勞民傷財來蓋行宮別館，因此都是在路邊的甘棠樹下直接搭個草棚辦公、過夜。召伯死後，老百姓非常懷念他，並且愛屋及烏，連甘棠樹都不忍傷害。

三、談百姓心目中的「好官」

俗語說：「天高皇帝遠」，與百姓最休戚相關者，反而是當地的父母官，倘若官員昏庸貪汙，則百姓陷入水深火熱，心中皆恨之入骨，欲除之而後快。

若遇賢能官員，則百姓必然敬之如神明，稱之為「青天大人」。那麼，百姓心目中的「好官員」需要具備哪些條件呢？大抵不外乎潔身自愛、清正廉明、愛民如子，例如北宋的清官包拯，因廉潔公正、不攀附權貴，故有「包青天」及「包公」之名，後世甚至將他奉為神明崇拜，將其事蹟編寫為小說、戲劇而深植人心。

明代的蘇州知府況鍾也有「青天」美譽，因

文學書房

自〈召南·甘棠〉之後，「甘棠遺愛」便用以表示「懷念讚頌離去官員的政績」；也可寫做「甘棠之惠」、「甘棠之愛」或「甘棠有蔭」。

名人小傳

況青天

《明史·況鍾列傳》：「（宣德五年）擢知蘇州……鍾乃蹶煩苛，立條教，……興利除害，不遺餘力。鋤豪強，植良善，民奉之若神。……鍾嘗丁母憂，郡民詣闕乞留。詔起復。……正統六年，秩滿當遷，部民二萬餘人，走訴巡按御史張文昌，乞再任。詔進正三品俸，仍視府事。明年十二月卒於官，吏民聚哭，為立祠。鍾剛正廉潔，孜孜愛民，前後守蘇者莫能及。」

為他上任後替百姓免除苛捐雜稅，廢止所有不便民的措施，並且懲奸鋤惡、興修水利、招復流民，使蘇州物阜民安，因此深受百姓愛戴，稱之「況青天」。甚至連況鍾母喪時，原本應該請假返鄉守喪三年，但因百姓無法接受其他官員代班，集體上書陳情，明英宗只好下旨要況鍾提前回任。況鍾擔任蘇州知府十二年，因表現良好升官，但兩萬名蘇州百姓不讓他走，奔走上書陳情，明英宗只好讓況鍾留任蘇州，但將他的俸祿提高到三品官等級。況鍾過世之後，百姓有如痛失父母，並為他立廟祭祀。蘇州人還將況鍾重審尤葫蘆命案，逮捕真凶婁阿鼠之故事編成崑曲〈十五貫〉，其中唱詞：「東尋西找，喜只喜真凶擒到。為民請命，顧不得拚卻烏紗帽。擔著心，捏著汗，救出命兩條。」便能看出況鍾以百姓為念，甚至不顧自己官位前程，也要努力為冤屈者翻案的胸懷。

　　〈召南·甘棠〉雖然並未明確寫出召伯對人民的貢獻，但由詩句中，當地父老諄諄告誡子孫千萬不可傷害甘棠樹的敘述，我們亦可想像，召伯在世時一定也是愛民如子、處處以百姓為念，百姓才會愛屋及烏，以留存樹木的方式來懷念召伯。《說苑·貴德》記載：「孔子曰：『吾於甘棠，見宗廟之敬也』。」就是描述孔子傳授〈甘棠〉之詩時對學生說：「這棵樹被保護得如此良好，可見這棵樹在百姓心中，比一座宗廟更值得敬重，召伯真是一位了不起的賢人啊！」言外之意，便是希望學生日後為官時，也能見賢思齊，嘉惠百姓。

廉明官員讓百姓安居樂業，貪官汙吏讓人民水深火熱。

文學書房

戲曲〈十五貫〉描述賭徒婁阿鼠殺死屠夫尤葫蘆、偷走十五貫錢，並嫁禍給蘇惠娟和熊友蘭。昏官判了蘇、熊死罪，但況鍾找出真凶，為二人翻案的故事。

四、現代的甘棠遺愛

　　臺灣政壇上，至今最為人所懷念稱頌的官員，莫過於已逝世的前法務部長陳定南先生。陳定南曾任兩屆宜蘭縣長，實事求是、清廉勤政的作風，不僅使冬山河親水公園的美景聞名國內外，也常因施政績效而登上媒體版面。宜蘭父老盛傳陳定南在宜蘭縣長任內，總是帶著榔頭親自檢驗工程品質，凡是不合規定者，一定要求打掉重做，絕對沒有討價還價空間；擔任法務部長時，許多事情也是親力親為。雖然曾經被對手形容是「剛正不阿，不近人情」，但輿論也肯定陳定南的清廉勤政，是貪汙的絕緣體，只可惜他已因肺腺癌於2006年11月5日病逝於臺大醫院。在今日臺灣政壇黑金勢力縱橫、官員貪汙新聞層出不窮之時，常有民眾懷念起「陳青天」的廉潔風骨。

不論古今，人們對「青天大老爺」的「青天」，百姓都令人感念愛戴。

名人小傳

陳青天

陳定南關心環保，擔任宜蘭縣縣長時，派出稽查員以輪班方式二十四小時嚴格監控並取締水泥廠汙染，用連續開罰的鐵腕政策，大大改善了宜蘭縣的空氣汙染現象。這項首創的青天計畫，讓蘭陽平原青天再現，也使他贏得「青天縣長」、「陳青天」的美譽。

〈秦風‧蒹葭〉是秦國國君於水濱訪求隱居賢者之詩。

2-15 訪求賢者〈秦風‧蒹葭〉

賢者居於迂迴難尋之處，更可考驗國君求賢之決心。

一、品味原文

蒹葭蒼蒼，白露爲霜。所謂伊人，在水一方。
溯洄從之，道阻且長；溯游從之，宛在水中央。

蒹葭萋萋，白露未晞。所謂伊人，在水之湄。
溯洄從之，道阻且躋；溯游從之，宛在水中坻。

蒹葭采采，白露未已。所謂伊人，在水之涘。
溯洄從之，道阻且右；溯游從之，宛在水中沚。

【白話譯文】

河邊的蘆葦生長茂盛，葉子上的露水還未被陽光晒乾，已在秋天的低溫下凍結爲霜。聽說有一位賢者，隱居在河岸的那一邊。我想逆流而上去拜訪他，但是道路險阻而漫長，河道曲折、航行費力，我乘坐小船慢慢逆流而上，遠遠地望見了，那位隱士居住的房舍，彷彿就在水中央的沙洲上。

二、本詩意旨

〈秦風‧蒹葭〉描述秋日降霜之際，秦國國君不畏寒冷，要往河上尋訪賢人，「在水一方」暗喻遙不可及，「溯洄」、「溯游」以逆流而上且路途遙遠辛苦，象徵國君堅持誠懇的求賢之心。「宛在

詩經學堂

1. 蒹葭：蘆葦。
2. 蒼蒼、萋萋、采采：皆爲茂盛之狀。
3. 伊人：那人，指心中敬愛之人。
4. 在水一「方」：邊。
5. 溯洄：逆流而上。
6. 「宛」在水中央：好像。
7. 白露未「晞」：乾。
8. 在水之「湄」：水岸。
9. 道阻且「躋」：升。
10. 水中「坻」：水上小洲。
11. 白露「未已」：未乾。
12. 涘：厓；岸邊。
13. 道阻且「右」：左右迂迴。
14. 水中「沚」：水上小沙洲。

水中央（坻、沚）」表示賢者難以輕易親近，若非十足之誠意則難以企及，故姚際恆《詩經通論》：「此自是賢人隱居水濱，而人慕而思見之詩。」

而詩中之「伊人」，原意本爲「彼人」、「那個人」，並未明言指出對方身分，是以後世亦有將「伊人」解釋爲美人，而認爲此詩爲尋訪佳人的情詩之說，似亦能言之成理。

三、今昔之求才訪賢

各朝明主爲得賢者輔政，常有禮賢下士以招賢求才之舉，例如周公唯恐怠慢賢士，不論是沐浴或飲食，只要一有人來求見，立刻放下飯碗、握著溼髮前往接見，這段史事還被曹操記載於爲招賢而創作的〈短歌行〉中：「山不厭高，海不厭深。周公吐哺，天下歸心。」劉備三顧茅廬，禮聘諸葛亮出山相助，更是傳爲千古美談。

而今日杏壇中亦有一段求賢佳話，1980年李煥接任中山大學校長後，積極延攬許多優秀人才至中山大學任教，當時余光中已在香港中文大學任教十一年，中文大學給予余光中相當優渥的待遇，不僅薪水是臺灣教授的八倍，還包括一間依山傍海、可欣賞美景的大宿舍。因此李煥親自前往香港邀請，說服余光中返臺任教，爲中山大學奠定一流師資的基礎，也有效提升了中山大學的知名度。因此李煥過世時，余光中之紀念文中便有「國喪大老，我失知音，仍令人臨風北望，不勝神傷」文句，藉以懷念當年李煥的知遇之情。

文學書房

周公尊賢

《史記・魯周公世家》：「然我一沐三捉髮，一飯三吐哺，起以待士，猶恐失天下之賢人。」

名人小傳

余光中是現代文學大師，其作品涵蓋新詩、散文、翻譯、評論，多次被海峽兩岸三地選入教科書。他精通英語、西班牙等外文，有「語言的魔術師」、「香江第一才子」美稱。代表作包括：《鄉愁》、《左手的繆思》。

2-16 第一夫人圖像：〈衛風・碩人〉

詩中描述莊姜出身高貴、美貌端莊的儀態，可看出百姓對莊姜的敬愛。

一、品味原文

碩人其頎，衣錦褧衣。齊侯之子，衛侯之妻，東宮之妹，邢侯之姨，譚公維私。

手如柔荑，膚如凝脂，領如蝤蠐，齒如瓠犀，螓首蛾眉。巧笑倩兮，美目盼兮。

碩人敖敖，說于農郊。四牡有驕，朱幩鑣鑣，翟茀以朝。大夫夙退，無使君勞。

河水洋洋，北流活活。施罛濊濊，鱣鮪發發，葭菼揭揭。庶姜孽孽，庶士有朅。

【白話譯文】

美麗的莊姜身材高姚，喜歡在華麗錦衣外再穿一層素色的罩袍！她的出身高貴，是齊莊公的女兒、衛莊公的夫人、齊國太子的同母之妹，也是邢國國君的小姨子，譚國國君是她的妹夫。

她的手指白嫩纖長，有如新生的茅芽；她的皮膚光滑細白，有如凝結的油脂。脖子潔白細長有如蝤蠐；牙齒潔白整齊有如瓠瓜的種子，天庭飽滿、又彎又細的柳眉。笑起來的酒窩真甜美，一雙大眼睛黑白分明又明豔動人。

美麗的莊姜身材高姚，還記得她從齊國嫁到衛

詩經學堂

1. 其頎、敖敖：身材高大修長。
2. 褧衣：罩袍。
3. 東宮：太子。
4. 譚公維「私」：女性稱姐妹之夫為「私」。
5. 蝤蠐：一種細而白的蟲。
6. 齒如瓠犀：牙齒像瓠瓜種子般整齊潔白。
7. 「說」于農郊：停車休息。
8. 朱幩：紅色的韁繩。
9. 翟茀：以翟鳥羽毛所編成的簾幕。
10. 活活：水流聲。
11. 施罛：施放漁網。「罛」，大型魚網。
12. 濊濊：施放漁網入水時發出之聲。
13. 鱣鮪「發發」：大魚在魚網中掙扎拍尾之聲。
14. 揭揭：長。
15. 庶姜：眾多陪嫁的姜姓女子。
16. 孽孽：打扮華麗之貌。朅：勇武之貌。

國那一天，送嫁隊伍在郊外暫歇；馬匹高大健壯，都綁著鮮紅喜氣的韁繩。馬車上垂掛著用翟羽所編製成的簾幕，即將載著她進宮朝見國君。今天是國君的大喜之日，大夫們早點退朝吧！別讓國君太辛勞了。

迎娶的車隊經過黃河，黃河北流入海，水勢奔騰盛大。河邊漁夫灑網，捉到的大魚生猛活潑。水邊的蘆葦茂盛生長；陪嫁的齊國女子都打扮華麗，送嫁的齊國將士都雄壯威武。

二、一代佳人莊姜

《左傳·隱公三年》：「衛莊公娶於齊東宮得臣之妹，曰莊姜。美而無子，衛人所爲賦〈碩人〉也。又娶於陳，曰厲媯。生孝伯，早死。其娣戴媯，生桓公，莊姜以爲己子。……公子州吁，嬖人之子也，有寵而好兵，公弗禁。莊姜惡之。」這段文字記載莊姜是春秋時代齊莊公之女，嫁給衛莊公爲正宮夫人，不僅容貌美麗，個性也十分溫婉端莊，但她嫁給衛莊公後一直沒有生下子嗣，因此衛莊公又娶了陳國的厲媯、戴媯姐妹。戴媯生下兒子姬完後便過世了，因此莊姜收養姬完、視如己出地照顧這個孩子，還勸莊公立姬完爲太子。

但衛莊公另有個小妾所生的兒子「州吁」，自小喜歡舞刀弄槍、騎馬射獵，衛莊公對州吁寵愛又縱容，還讓他帶兵，因此州吁越來越驕縱，漸漸有了野心，開始結交權臣子弟，擴充自己的勢力，蓄養自己的軍隊。

✒ 文學書房

1. 「凝脂」是凍結的豬油，用以形容美女的肌膚滑嫩白細。唐代白居易〈長恨歌〉也以此形容過楊貴妃的肌膚：「春寒賜浴華清池，溫泉水滑洗凝脂。」

2. 「瓠犀」是瓠瓜的種子。因其排列整齊，色澤潔白，故用以比喻美人整齊的牙齒。唐代權德輿〈雜興詩·五首之四〉：「新妝對鏡知無比，微笑時時出瓠犀。」

✒ 文學書房

莊姜美而無子

《史記·衛康叔世家》：「莊公五年，取齊女爲夫人，好而無子。又取陳女爲夫人，生子，蚤死。陳女女弟亦幸於莊公，而生子完。完母死，莊公令夫人齊女子之，立爲太子。」

衛莊公死後，姬完即位爲衛桓公，衛桓公十六年時，州吁起兵篡位，弒殺了衛桓公。《史記·衛康叔世家》記載：「莊公有寵妾，生子州吁。十八年，吁長，好兵，莊公使將。石碏諫莊公曰：『庶子好兵，使將，亂自此起。』不聽。二十三年，莊公卒，太子完立，是爲桓公。桓公二年，弟州吁驕奢，桓公絀之，州吁出犇。……十六年，州吁收聚衛亡人以襲殺桓公，州吁自立爲衛君。」

對莊姜而言，國家內亂、手足相殘、愛子驟逝、晚年無靠必然是個沉痛的打擊，但她仍不怨天尤人，以顧全大局爲重，默默扮演著寬厚賢德的「國母」角色，也不曾利用國君夫人或國母的權勢傷害他人，因此衛國民眾都非常擁護德容兼具的莊姜。

三、本詩意旨

〈衛風·碩人〉是衛國百姓歌詠「莊姜」之詩。首章先詳述莊姜的血統高貴、身世顯赫，用以暗示地位尊崇卻無刁蠻任性之富貴驕氣，真是難能可貴。次章詳細摹寫了莊姜的容顏之美，這是文學史上第一篇鉅細靡遺描述女子美貌的詩歌，姚際恆《詩經通論》：「千古頌美人者，無出其右，是爲絕唱」，方玉潤《詩經原始》亦稱：「千古頌美人者，無出『巧笑倩兮，美目盼兮』二語。」可見此詩相當精準地掌握了美人神韻。三、四章追憶莊姜初嫁到衛國之時，迎娶送嫁的豪華陣仗，當時眾人對於皇室聯姻必然寄予無限美好的祝福，只可惜莊

文學舞臺劇

州吁因備受衛莊公寵愛，養成他鬥狠驕蠻的習性。衛莊公駕崩後，由桓公繼位，州吁卻與石厚密謀殺了國君，引起政局混亂。石厚是重臣石碏的兒子，石碏見狀，便誘使兩人前往陳國，再暗中派人送信給陳桓公，表示州吁和石厚弒君，一旦兩人到了陳國，即刻殺了他們。陳桓公不好意思殺石厚，饒了他一命。石碏知道了便派家臣殺了自己兒子。這就是「大義滅親」成語的由來。

姜嫁到衛國後的際遇並非得意順心，因此詩中也暗藏了衛國人對莊姜「美人無美命」的同情與惋惜。

四、今日各國第一夫人之樣貌

第一夫人（First Lady）是種尊稱，適用於國家、地區或聯邦州的元首或領導人的妻子。第一夫人並非公職，但是她們通常負責主持在元首官邸舉行的各種接待宴會，並陪同丈夫對別國進行國事訪問，或是出席各種慈善活動。亞洲地區的第一夫人通常是溫婉、賢淑、親和、宜室宜家、曖曖內含光的賢內助形象，如日本美智子皇后、蔣故總統經國先生的夫人蔣方良女士均屬此類典型。而歐美地區的第一夫人通常被寄予獨立、自主、堅強，甚至引領時尚潮流的亮麗形象，如美國第一夫人蜜雪兒·歐巴馬不僅是位專業律師，每次出席公開場合時所穿之服飾總是能在時尚圈引發討論。已故的英國黛安娜王妃則是致力於公共服務與慈善工作，並以美貌、高雅氣質和卓越的時尚品味而高度受到媒體關注。

日本美智子皇后

蔣方良女士

英國黛安娜王妃

第三章 《詩經》中的人民怨怒

〈魏風‧碩鼠〉反映了百姓對貪官汙吏的痛恨與咒罵。

3-1 民之賊也〈魏風‧碩鼠〉

老鼠偷走人類辛苦耕種的食糧，正如貪官汙吏靠著剝削百姓以中飽私囊。

一、品味原文

　　碩鼠碩鼠，無食我黍！三歲貫女，莫我肯顧。
逝將去女，適彼樂土。樂土樂土，爰得我所。

　　碩鼠碩鼠，無食我麥！三歲貫女，莫我肯德。
逝將去女，適彼樂國。樂國樂國，爰得我直。

　　碩鼠碩鼠，無食我苗！三歲貫女，莫我肯勞。
逝將去女，適彼樂郊。樂郊樂郊，誰之永號。

【白話譯文】

　　肥大的老鼠啊，別再來偷吃我的農作物！這三年來你在此地竊取我們的心血，絲毫不在乎我們的痛苦。我發誓我要搬走，只要是遠離你的地方就是樂土。只要能搬到一個官員正直的地方，就沒有人會因為痛苦而哭號了。

二、本詩意旨

　　古代百姓對老鼠往往是「人人喊打」，因為老鼠仗著行動敏捷、體型小，會打洞躲進糧倉中，偷吃人類所辛苦種植之糧食，如《史記‧李斯傳》記載：「（李斯）年少時，為郡小吏，……入倉，觀倉中鼠，食積粟，居大廡之下，不見人犬之憂。」

詩經學堂

1. 碩鼠：大老鼠。
2. 貫女：慣汝。把你慣壞了。
3. 莫我肯顧：莫肯顧我。不肯照顧我。
4. 逝將去女：誓將去汝。我發誓一定要遠離你。
5. 「適」彼樂土：往。
6. 「爰」得我所：乃、就。
7. 爰得我「直」：指官員直道而行。
8. 誰之永「號」：哭號。

〈魏風・碩鼠〉便是借用了老鼠貪婪、盜竊糧食的形象，來比喻地方上的貪官汙吏倚仗權勢欺壓百姓的醜行。首先直呼貪汙官員爲「碩鼠」，表示他們已經搜刮民脂民膏而吃得腦滿腸肥，祈求這些貪官不要再巧立名目徵走他們辛苦種下的農作物了。古代爲了避免通貨膨脹，徵稅時都是徵收米糧布帛等實物，然而貪官汙吏手段凶殘，竟然不待農作物收成就強行徵斂，故第三章曰：「無食我苗」，禾苗是春天剛種下的秧苗，此時徵收，百姓如何有穀物可以繳交？如此便可看出貪官汙吏只思聚斂而不顧百姓的醜惡行徑。最後百姓無法可施，只好拋棄祖傳之田產房舍，逃亡到外鄉，以逃避官員的倒行逆施。晚唐詩人聶夷中〈詠田家〉詩中也有類似的控訴：「二月賣新絲，五月糶新穀；醫得眼前瘡，剜卻心頭肉。我願君王心，化作光明燭；不照綺羅筵，只照逃亡屋。」內容都反映了老百姓對貪官汙吏的痛恨與無奈。

三、談貪官汙吏

「貪汙」是指官員利用權勢或職務之便而非法取得錢財，官員貪汙之方式大抵有二，一種是以各種賦稅爲名義向百姓徵收金錢；另一種則是利用自己的權勢向有求於己的其他官員或廠商索賄。

史上各朝代爲防止官員貪汙，都制定了嚴懲貪官的條律，例如秦代律令曾判收取一錢賄賂之官吏「黥爲城旦」；漢代官員若貪汙「十金」，則要被處以「棄市」之刑。《魏書・刑罰志》記載北魏時

你一定不知道

各朝代正史均有明文整肅貪汙

1. 秦代官員只要貪汙「一錢」被抓到，就要在臉上刺青（「黥刑」）及服築城工事等苦役（「城旦」）。如《睡虎地秦簡》第445條：「甲誣乙通一錢黥城旦罪，問甲同居、典、老當論不當？不當。」

2. 漢代貪官貪汙「十金」便處以棄市之刑。「棄市」是古代死刑，於鬧市執行，並將屍體棄置街頭示眾。如《漢書・馮奉世列傳》：「案驗，得其主守盜十金罪，收捕。並不首吏，都格殺。」如淳注：「律，主守而盜直十金，棄市。」

3. 唐代對貪官處以公開打屁股的杖刑。如《新唐書・張嘉貞列傳》：「洛陽主簿王鈞者，爲嘉貞繕第，會以贓聞，有詔杖之朝堂。」

代明令「贓三匹皆死。」唐代在朝堂之上對貪官公開施以杖刑，情節重大者甚至會被活活打死。

明朝初年，出身民間的朱元璋最恨貪官，嚴懲貪官毫不留情，甚至在各地縣衙旁都蓋了一座土地廟作爲對貪官處以剝皮之刑的場地，剝下的皮囊中還要塞入乾草、陳列於縣衙中示眾，稱爲「剝皮實草」之刑。如葉子奇《草木子》記載：「凡守令貪酷者，許民赴京陳訴，贓至六十兩以上者梟首示眾，仍剝皮實草。府、州、縣衙之左，特立一廟以祀土地，爲剝皮之場，名曰『皮場廟』。官府公座旁，高懸一剝皮實草之袋，使之觸目驚心。」

然而歷代通常只在建朝之初採取嚴厲措施來懲治貪官，幾十年後治貪措施逐漸廢弛，貪汙行爲也就越來越普遍了。例如《資治通鑑》記載唐代宗時的權臣元載「弄權舞智，政以賄成，僭侈無度。」被抄家時不僅抄出大量的金銀財寶，還抄出大量的鍾乳和胡椒；在唐代，「鍾乳」是高級藥材，「胡椒」則是由西域進口的珍貴香料，價比黃金。《新唐書・元載列傳》記載元載竟然聚斂了「鍾乳五百兩，胡椒至八百石。」可見其經由貪汙累積了驚人的財富。《明史・鄒緝傳》則記載明成祖永樂十九年，鄒緝上書提到當時「貪官汙吏，徧布內外，剝削及於骨髓……虐取苛求……剝下媚上。」《明史・張狲傳》也記載明世宗時奸相嚴嵩貪汙軍餉：「自（嚴）嵩輔政，朝出度支之門，暮入奸臣之府。輸邊者四，饋嵩者六。」清代乾隆皇帝於《乾隆起居注・六十年八月》也曾自謂：「各省督撫中

貪官汙吏，其人面歡心，又可恥，其行徑可恨。

在唐代，「鍾乳」是高級藥材，通常都是皇帝賞賜功臣的珍貴禮物，如《舊唐書・高季輔傳》：「十七年，授太子右庶子，又上疏切諫時政得失，特賜鍾乳一劑，曰：『進藥石之言，故以藥石相報。』」

廉潔自愛者，不過十之二三。」他的寵臣和珅每年俸祿不過一百七十兩白銀，但被嘉慶皇帝抄家時，卻抄出十億兩白銀（見鄭天挺《清史簡述・查抄和珅家產清單》）相當於清代十五年的朝廷總稅收，可見貪官欺壓百姓以吸血食髓，甚至動搖國本之可怕可恨。

四、官場中之「碩鼠」

唐代柳宗元〈捕蛇者說〉曾描述貪官汙吏欺壓小民之醜惡行徑：「悍吏之來吾鄉，叫囂乎東西，隳突乎南北；譁然而駭者，雖雞狗不得寧。」然而即使時至今日，官場中的貪官汙吏仍處處可見，身為公職人員不思為百姓謀福，卻反而上下其手、私吞民脂民膏的行徑，實令小民痛心，如南投地檢署偵辦李姓縣長貪汙案，發現官員大小通吃，由金額最小十二萬元景觀改善工程到九千四百六十萬元的道路風災搶修工程，均向廠商收取一成到一成五的回扣，共收賄超過三千萬元。十三名涉案官員及廠商中，已有十二人認罪，對檢方所提的證據均無意見。

明代貪官嚴嵩

清代貪官和珅

本詩反映了古代的奴隸階級日夜勞苦卻難得溫飽的狀況。

3-2 織者無衣〈魏風·葛屨〉

女織工辛勤工作，織造出各種精緻華美的衣物給女主人穿，自己卻衣衫襤褸。

一、品味原文

糾糾葛屨，可以履霜。摻摻女手，可以縫裳。要之襋之，好人服之。

好人提提，宛然左辟，佩其象揥。維是褊心，是以爲刺。

【白話譯文】

已經深秋了，我還穿著破舊的草鞋，小心翼翼走在霜地上。一雙手頂著刺骨寒風，替我的女主人縫製衣裳。要特別注意腰線和領口的部分啊！這是我那講究衣著的美麗女主人要穿的。

美麗的夫人穿上了華服，戴上名貴的象牙髮簪，在公開場合眞是高貴優雅、儀態萬千啊！但其實她是個心胸狹隘又刻薄的女人，所以我寫這首詩來諷刺她。

詩經學堂

1. 糾糾：破舊之貌。
2. 葛屨ㄐㄩˋ：草鞋。
3. 履霜：踩在結霜的地面上。
4. 摻ㄒㄢ摻ㄒㄢ：即「纖纖」。
5.「要ㄧㄠ」之「襋ㄐㄧˊ」之：「要」，腰線。「襋」，領口。
6. 好人：美人。
7. 提提：安然自得貌。
8. 宛然：優雅貌。
9. 左辟：行禮之貌。
10. 象揥：象牙髮簪。
11. 褊ㄅㄧㄢˇ心：心胸狹隘。

二、本詩意旨

這是一首由縫衣女所寫的詩，用以反映在古代封建社會中，下層的奴隸階級爲了貴族而日夜勞動執役，卻無法得到溫飽與尊重。

首章中，作者便提到已經深秋結霜了，她仍穿

著破舊的夏季草鞋，無法換穿棉鞋。由小見大，可知亦無其他禦寒衣物；即便如此，她仍是要忍飢受寒，為女主人趕製新衣。女主人十分講究，因此腰線和衣領部分都要小心縫製，以免遭來責備打罵。

次章敘述女主人穿上新製的華服，雍容華貴地出席公開場合，人人都稱讚女主人儀態萬千、高貴優雅；但作者卻以親身經驗指出女主人在奴婢面前寡恩刻薄的嘴臉，也呼應了首章所提到的「糾糾葛屨，可以履霜」正是女主人的刻薄殘酷所致。在本詩中，豪門貴冑的美婦身穿亮麗華服與終日勞苦工作卻不得溫飽、衣著襤褸的女工形成了強烈的對比，令人同情女工的遭遇，也對文中的「好人」之衣美心不美提出了控訴與譴責。

三、古今時事比一比

（一）古代篇

〈魏風·葛屨〉一詩反映出春秋時代的狀況，但在長達數千年的封建社會中，這種狀況實在是屢見不鮮，因此也不斷出現反映這種現象的文學作品，如唐代秦韜玉的〈貧女〉：「蓬門未識綺羅香，擬託良媒益自傷。誰愛風流高格調，共憐時世儉梳妝。敢將十指誇鍼巧，不把雙眉鬥畫長。苦恨年年壓金線，為他人作嫁衣裳。」晚唐詩人于濆〈辛苦吟〉：「壟上扶犁兒，手種腹長飢。窗下擲梭女，手織身無衣。」都是代替勞工階級發聲，對「織者無衣」的社會現象做出指責與控訴。

古代窮人家女子得學習紡織，為有錢人家小姐做衣服，卻沒有錢也沒有時間為自己做新衣服。想來，不免心酸。

（二）現代篇

現今雖已進入民主時代，然而世界各地仍不斷傳出製作華服的「血汗工廠」有紡織女工因公受傷或是權益受到剝削之悲劇。

1. 臺灣篇

根據一位曾於五零年代在臺灣紡織廠擔任女工的盛春梅女士回憶：對女工而言，紡織廠最辛苦的工作是搬運二百公斤左右的紗團，對於年幼又瘦弱的女工而言往往無法體力支撐，即使是兩人一組、合作搬運到臺車上再推送，也是十分費力。體力負荷加上夜班操累，女工的身體健康容易出問題。甚至聽聞過某家紡織廠的蒸汽鍋爐爆炸，有工人被浸漿布料的沸水燙傷，因而送命。

而自1997年開始，華隆紡織廠勞工便遭到資方減薪剝削，勞工從一個部門被調到另一個部門，一個部門比一個部門工作更辛苦，工作量越來越大，尤其是包裝部門，要將一包四十公斤的棉紗抬到木板上，這種單調又費力的工作要反覆操作十二小時。工廠沒有冷氣空調、只有電扇，空氣差又悶熱，衣服一天要乾溼好幾回。工作時間無法喝水，也沒辦法上廁所，整天辛苦工作卻只拿到七成薪！但是為了生活，工人們只能苦撐。

2. 國際篇

公共電視於2001年6月6日播出〈當代勞工群像‧時裝名牌的勞役〉，內容報導某瑞典成衣品牌在全球各大城市均開設店面，公司老闆躋身於世界超級富豪，但設在菲律賓的成衣廠之女工卻待遇微

你一定不知道

華隆紡織頭份工廠的員工抗議原因：

1997年起華隆紡織頭份工廠即不再調薪；1999年後更不再發放年終獎金；2001年開始減薪，……2008年甚至要求員工產效要達到130%，才能掙得100%的薪資，並配合實施無薪假，造成五成員工領不到基本薪資。2011年華隆因積欠銀行龐大債務，總廠的土地、廠房、設備遭法院拍賣，而二廠的機器設備也被賤賣給紡安公司，並以原廠、原生產設備開始幫紡安公司代工。資方要求員工雇傭關係移轉到紡安，但移轉的員工必須放棄年資、退休金、資遣費；不願接受這樣條件的員工可以繼續維持華隆員工的身分，但只能領到70%的薪資。面對資方壓迫、公司脫產，再加上多次協調都得不到善意回應，工人們為了反抗資方日趨苛刻的壓迫及追討積欠薪資，於2012年6月初宣布進行無限期罷工抗議。然而擁有華隆集團的翁家兄弟依舊過著優渥的生活，包括住豪宅、出門名車代步，有司機、隨扈伺候；避居海外者則在東南亞繼續經營「紡織王國」，還獲得馬來西亞的「拿督」頭銜。

薄、工時超長，受訪時一位女工聲淚俱下，希望至少能讓兒女上完義務教育。

孟加拉成衣工廠實況也十分悲慘，幾百個女工擠在狹小密封空間內連夜趕工，耳朵聽的是機器嘈雜噪音，鼻子嗅到的是有機溶劑刺鼻臭味，女工只戴著骯髒的口罩，常常有人呼吸道急性中毒。女工們一天工作十二個小時，一個月工作三十天，月薪卻低於三千臺幣。工廠的男管理員會強制限定女工上廁所的次數和休息時間，甚至兩千人共用一間廁所。女工還要忍受管理員的辱罵和肢體暴力，還有經期錯亂、視力衰退、肌肉拉傷等職業傷害；許多女工一邊工作一邊擔心會不會被非法解雇或因工廠大火而葬身火窟，夏季時則常常有人中暑昏倒在縫紉機臺上。

勞工階級日夜勞苦的情況，真是層出不窮！

來自血汗工廠的求救信

2007年2月，一位英國女孩麗貝卡（Rebecca）在英國某平價潮牌購買一條約臺幣五百元的花裙，卻發現衣服洗標上寫了字句「Forced to work exhausting hours」（被強迫長時間痛苦工作）。這件事讓麗貝卡大感意外，並開始思考自己是否成了血汗工廠的幫凶。該品牌發言人否認有剝削勞工情況，但事實上，該公司過去也有不少工資爭議，2013年一間孟加拉成衣廠倒塌、造成一千一百多名縫紉工人死亡，該公司也曾向這家工廠下單採購。

在古代，貧家的美麗少女常成為當地土豪欺凌的對象。

3-3 冤獄之怒〈召南‧行露〉

一位貧家少女因對土豪拒婚，土豪便聯合官府製造冤獄，少女投訴無門，只能以此詩作為控訴。

一、品味原文

厭浥行露。豈不夙夜，謂行多露？

誰謂雀無角？何以穿我屋？誰謂女無家？何以速我獄？雖速我獄，室家不足。

誰謂鼠無牙？何以穿我墉？誰謂女無家？何以速我訟？雖速我訟，亦不女從。

【白話譯文】

夜路上滿是露水，趁著三更半夜我想要逃走拒婚，但道路溼滑、寸步難行。

誰說雀鳥的喙嘴不尖利，其破壞力足以啄破我家的屋瓦；你這個土財主不是已經有了老婆家室，為什麼還要強娶我，我不從你就陷害我入獄！就算你這麼陷害我，我還是不會讓你稱心如意。

誰說老鼠的牙齒不尖利，其破壞力足以咬破我家的屋牆；你這個土財主已經有了老婆家室，為什麼還要強娶我，我不順從，你就陷害我入獄！就算你這麼陷害我，我還是不會屈服於暴力的壓迫。

二、本詩意旨

這首詩的作者是一位被土霸王看上的貧家女，

詩經學堂

1.浥：潮溼。
2.行露：道路上的露水。
3.雀無「角」：鳥喙。
4.「女」無家：汝，你。
5.「速」我獄：招致。
6.室家不「足」：成。
7.墉：牆。

大壞蛋，逼良結婚還害人入獄，一定會有惡報！

她嚴拒婚事，也打算逃跑來躲避這門親事，但都未能如願，甚至被土霸王以莫須有的罪名誣陷，告上官府而遭受冤獄之苦。因此她寫下這首詩，表明自己的冤屈與遭受強權欺凌的無助無奈，以及對官府勾結惡勢力迫害小老百姓的痛恨心情。

　　在首章中描述她曾想利用夜裡逃走抗婚，但因夜路溼滑難行而失敗了！二、三章，以雀鼠雖非猛獸，但雀之喙、鼠之牙亦能穿屋破墉之可怕，來象徵地方惡霸迫害、再聯合腐敗官府之栽贓，也會造成小百姓的家破人亡。最後表明，雖受到冤獄而身陷囹圄，但作者仍以「雖速我訟，亦不女從」來表現出面對土霸的威脅恐嚇仍要嚴詞拒婚，不受惡勢力或官威之壓迫而屈服，展現出「富貴不能淫、貧賤不能移、威武不能屈」的堅貞風骨。

🖋 **文學書房**

「鼠牙雀角」是源自於〈召南·行露〉的成語，意謂「以強權暴力欺凌，引起爭訟、害人背上官司冤獄。」如《幼學瓊林·訟獄類》：「與人搆訟，曰鼠牙雀角之爭。」

三、古今時事比一比——談冤獄

（一）古典文學篇

　　元代關漢卿所創作之雜劇〈竇娥冤〉，與〈召南·行露〉內容極為相似：竇娥年輕守寡，與婆婆（蔡婆）相依為命。某日，蔡婆去向賽盧醫討債，賽盧醫卻想勒死蔡婆賴帳，張驢兒兩父子路過救了蔡婆。但張驢兒父子都是無賴，趁機搬進蔡家，威迫婆媳與他們父子成親，但被竇娥嚴詞拒絕。張驢兒為讓竇娥孤苦無依，在蔡婆的羊肚湯中放入砒霜，想毒死蔡婆，卻意外毒死張父。張驢兒又誣告竇娥殺人。昏庸太守桃杌以酷刑逼供竇娥婆媳，竇娥擔心蔡婆受不了嚴刑拷打，只好含冤認罪，被判

上天哀憐竇娥遭受冤獄受斬，降下六月雪，掩蓋竇娥屍身。

斬刑。臨刑前，竇娥表明自己冤屈，唱著：「沒來由犯王法，不提防遭刑憲，叫聲屈動地驚天。……為善的受貧窮更命短，造惡的享富貴又壽延。天地也，做得個怕硬欺軟，卻原來也這般順水推船。地也，你不分好歹何為地。天也，你錯勘賢愚枉做天！哎，只落得兩淚漣漣。」歌詞中充滿了對張驢兒逼婚的憤慨，以及對昏官顛倒黑白、冤殺良民的深沉控訴。

（二）西洋文學篇

西方文學中亦有以冤獄為題材的作品，如法國大仲馬之《基督山恩仇記》，內容描述年輕水手愛德蒙·唐泰斯被通知升任船長，也即將迎娶美嬌娘，人生正無限得意之時，卻引來同事及情敵的忌妒，以黑函誣告他是叛國間諜，法官也因為私心作祟，未加詳細調查便判決唐泰斯終身監禁於海上監獄伊夫堡。唐泰斯在獄中認識一位試圖挖地道逃亡的老人，老人臨死前告知他一筆寶藏埋藏的地點。後來唐泰斯逃獄成功並尋得寶藏，以「基督山伯爵」之名對當初陷害他的人一一進行報復，然而即使除掉了仇人，唐泰斯因冤獄而消磨掉的青春歲月，以及他原本平靜無波的順遂人生，都再也無法挽回了。

（三）現代事件篇

近年來臺灣最為人所關注的冤獄便是「江國慶案」，這是發生在1996年9月12日，臺北市大安區的空軍作戰司令部營區內所發生的五歲謝姓女童遭

文學書房

竇娥臨死前，為表明自己的冤屈，指天立誓：死後將血濺白練而不沾地、六月降雪三尺掩其屍、楚州大旱三年，結果全部應驗。故地方戲曲中，〈竇娥冤〉又名〈六月雪〉。

NEWS 時事看板

「刺激1995」於西元1994年在美國首映，改編自暢銷排行榜作家史蒂芬·金的《四季奇譚》，內容描述年輕銀行家安迪之妻到高爾夫球教練家裡偷情，卻被闖入空門的小偷殺死。安迪被警方誤以為是凶手而判無期徒刑入獄。多年後，安迪無意中發現真正的凶手，但貪婪的典獄長不願他離開，一心想利用安迪來洗錢。後來安迪挖出地道，成功逃獄，並接收典獄長貪汙的黑錢，成為百萬富翁。

姦殺身亡的案件。當時軍方組成了「0912專案小組」偵察，卻疏於徹查現場跡證，空軍上兵江國慶因未通過測謊而被鎖定爲嫌犯，並被使用非法手段連續三十七小時進行刑求逼供。江國慶被迫簽下認罪自白書，進而遭軍事法院判處死刑；後來雖翻供喊冤，但未獲重視，於1997年8月13日執行槍決，得年二十一歲。因本案諸多瑕疵，江國慶之父爲還兒子清白四處奔走，促使檢警重新收集證據調查，但直到2011年1月29日才得到平反。由於本案是由不具司法警察身分之空軍總司令部政反情報隊違法偵辦，爲追求破案績效而使用非法手段刑求逼供而導致冤枉判死，因此本案被視爲臺灣的重大人權事件指標。2011年5月27日立法院初審通過〈冤獄賠償法修正草案〉，將死刑撫慰金提高爲每日五千元，同時刪除金額上限；2011年11月29日，江國慶的母親王彩蓮獲得國防部一億零三百一十八萬五千元之冤獄國賠金額，然而再多的金錢也無法挽回江家家破人亡的悲劇了。

！你一定不知道

冤獄又稱爲「羅鉗吉網」。因爲唐玄宗天寶初年，李林甫身居相位，爲了剷除異己，任用羅希奭、吉溫爲御史，二人成爲李林甫之爪牙、陷人以罪，導致冤獄不斷，時人稱爲「羅鉗吉網」（典出《舊唐書・酷吏傳下・羅希奭傳》）。後人便稱酷吏枉法，陷人以罪之冤獄爲「羅鉗吉網」。

本詩描述士兵思鄉之情以及對特權現象的怨怒。

3-4 軍中特權〈王風·揚之水〉

自古以來，權貴子弟在軍中均享有特權，〈王風·揚之水〉便抒發了一般士兵對於軍中特權現象的無奈與控訴。

一、品味原文

揚之水，不流束薪。彼其之子，不與我戍申。懷哉懷哉！曷月予還歸哉！

揚之水，不流束楚。彼其之子，不與我戍甫。懷哉懷哉！曷月予還歸哉！

揚之水，不流束蒲。彼其之子，不與我戍許。懷哉懷哉！曷月予還歸哉！

【白話譯文】

激揚的江水，也無法將整捆的柴薪沖走；就如同己氏家族的權重勢大，連周王室也拿他們無可奈何。己家的兒子，不需要和我們一樣在遙遠的申國戍守。好想家呀好想家！我們何時才能回家呢？

二、本詩意旨

西周末年，周幽王寵愛褒姒，為了改立褒姒為后、褒姒之子伯服為太子，周幽王不惜廢掉了原來的申后與太子宜臼。此舉引來申后之父申侯之不滿，於是聯合蠻族犬戎攻入首都鎬京，幽王雖然點燃烽火向諸侯求救，然諸侯不久前才被戲弄，以為幽王又再開玩笑，是以無人來救，幽王被殺、西周

詩經學堂

1.「揚」之水：激揚。
2. 束薪：整捆柴薪。
3. 彼其之子：彼己之子，己氏家族的兒子。
4.「戍」申：屯兵防守。
5. 懷哉：思念故鄉。
6. 曷月：何月、何時。
7. 申、甫、許：皆指申國。

因此滅亡。幽王死後，諸侯共同扶立宜臼繼位為周平王，但鎬京受到嚴重的戰亂破壞，因此周平王把都城遷到東方的雒邑，開啓東周時代。

平王之母親申后為申國貴族之女，申國地近楚國，常遭楚國侵伐；故平王愛屋及烏，派遣王畿軍隊戍守申國，然申國離王畿路途遙遠，且貴族己氏之子獨免於此次勞役，故其他戍者心生不平而創作此詩以宣洩怨憤。

詩中的「彼其（己）之子」即指貴族己氏之子。首兩句「揚之水，不流束薪（激揚的江水，也無法將整捆的柴薪沖走）」暗示己氏之家族勢力在朝廷中已經盤根錯節、位高權重而無法動搖，連周天子亦無可奈何，必須讓己氏之子享受免役特權。而無權勢的平民之子則要離鄉背井、遠戍申國，故詩中除了遠征士兵濃厚的思鄉之情外，還傳達了對軍中特權的無奈與怨怒。

三、延伸閱讀

《詩經》之〈鄭風·清人〉，也是描寫軍中特權人士好逸惡勞、怠忽職守的詩篇：

清人在彭，駟介旁旁。二矛重英，河上乎翔翔。
清人在消，駟介麃麃。二矛重喬，河上乎逍遙。
清人在軸，駟介陶陶。左旋右抽，中軍作好。

【白話譯文】

來自清邑的權貴將士啊，他們裝備華麗、戰馬也披著鎧甲，真是威風雄壯。他們的長矛上掛著美

文學書房

《大宋宣和遺事》：「周幽王寵褒姒之色，千方百計取媚他，因向驪山上把與諸侯為號的烽火燒起，諸侯皆道是幽王有難，舉兵來救；及到幽王殿下，卻無他事，只是要取褒姒一笑。後來貶了太子，廢了申后。申侯怒，會犬戎之兵，來伐幽王；諸侯不來相救，遂喪其國。」

詩經學堂

1. 彭、消、軸：均駐軍之地名。
2. 旁旁、麃麃：威武之貌。
3. 重英、重喬：羽毛製成的裝飾品。
4. 翔翔、逍遙、作好：均為「玩樂」之意。
5. 左旋右抽：左旋矛以禦敵，右抽矛以刺敵。此指軍隊的訓練演習。

麗的裝飾品，明明是在舉行演習，他們卻聚在河邊打鬧玩耍啊。

四、現代的軍中特權

　　現在雖已進入民主社會，然〈王風・揚之水〉中所諷刺的軍中特權，以及〈鄭風・清人〉描寫軍中特權人士好逸惡勞、怠忽職守現象亦皆時有所聞。

（一）權貴子弟服兵役時享受特權

　　現今臺灣，不分藍綠執政之時，權貴子弟服兵役時享受特權之事仍屢見不鮮，而引發民眾之負面觀感。例如早期政府高官與民意代表、椿腳的子弟，可能會以健康情況不佳為由直接驗退而不必當兵。近期則是利用「選兵」制度，將權貴的小孩直接選到較輕鬆的總部或是國防部直屬單位服役，不僅勤務較不辛苦，軍中各級長官也能就近照顧。軍方雖對外宣稱是依專長選兵，但其實是先設定資格門檻，只讓少數特定的人抽籤，以提高中籤的機率。

（二）軍中特權人士好逸惡勞、怠忽職守

2014年228連假時，戍守苗栗縣三義鄉火焰山雷達站的海軍陸戰隊劉姓輔導長，半夜帶著士兵私自離營到KTV唱歌喝酒，其中有三人還到苗栗市的私娼寮嫖妓，直到天亮五人才回到營區。後經媒體揭露而東窗事發，苗栗地檢署已於同年7月以〈陸海空軍刑法〉起訴涉案的官兵。

又，2014年8月，新竹湖口裝甲兵學校四名義務役士兵爲了慶祝即將退伍，其中一名羅姓士兵趁收假將威士忌帶進營區，於凌晨時在部隊寢室喝酒開慶祝會，還將端著酒杯、滿臉通紅的照片上傳到臉書。事後軍方找出四名違規的士兵，以禁足記申誡做爲懲處。但原本應是軍紀嚴明的營區，長官卻縱容士兵帶酒私飲，可見軍紀潰散，在管理方面已出現極大的危機！

 **你一定不知道**

「細柳營」爲模範軍營之代稱。因漢代周亞夫爲將軍時，屯兵於細柳。周亞夫治兵嚴謹、軍紀森嚴，連天子欲入軍營，亦須依軍令行事。（典出《史記・絳侯周勃世家》）後世便以「細柳營」借指模範軍隊。如唐代王維〈觀獵詩〉：「忽過新豐市，還歸細柳營。」

現代人於工作上多有超時過勞之現象，其實古代亦有之。

3-5 超時過勞〈齊風・東方未明〉

本詩便反映了小員工對超時工作、日夜顛倒的無奈與辛酸。

一、品味原文

　　東方未明，顛倒衣裳。顛之倒之，自公召之。
　　東方未晞，顛倒裳衣。倒之顛之，自公令之。
　　折柳樊圃，狂夫瞿瞿。不能辰夜，不夙則莫。

【白話譯文】

　　天還沒亮，我就起床準備出門，卻因光線不足把衣服穿反。唉！我的長官命令我這麼早出門工作。

　　只用柔軟的柳條編成籬笆來保護菜園，雖然沒有真正的防堵作用，但再狂妄的人都會擔心觸法而不敢偷菜；就如同老闆的命令再不合理我也不敢違抗偷懶。我的工作從來沒有固定的上下班時間，不是一大早就出門，就是很晚才能下班。

二、本詩意旨

　　現代新聞中常常披露上班族超時過勞的辛苦，其實遠在兩千年前的基層小吏便已經有類似的遭遇；〈齊風・東方未明〉反映的就是超時工作、日夜顛倒的無奈與辛酸。

　　前兩章中，作者提到天未亮便要起床去工作，此時外頭還一片黑暗，屋內則因待遇微薄無錢點

詩經學堂

1. 顛倒衣裳：衣服穿反。
2. 召：召喚、指使。
3. 東方未「晞」：破曉之時。
4. 折柳樊圃：用柳條編成籬笆來保護菜園。
5. 瞿瞿：懼懼、害怕。
6. 辰夜：司夜，只負責夜班工作。
7. 不夙則莫：不是太早就是太晚。「夙」，早。「莫」，暮。

燈，因此手忙腳亂中把衣服穿反了，十分狼狽地出門。這都是因為長官不知體恤下屬，任意指使派遣之故。

末章則提到長官之命令雖然不近人情，然因種種理由卻不敢拒絕，可能是畏懼長官權勢、擔心惹惱長官而失去賴以維生的工作⋯⋯，因此心中雖然滿是牢騷，卻仍不敢不從。最後點出這份工作原來是「責任制」，沒有固定的上下班時間，只要長官一聲令下，便有可能要凌晨出門、或加班到三更半夜才能回家。

今昔對比，便可發現古今之基層員工宿命其實非常相像。

三、延伸閱讀

《詩經》中另一篇〈召南・小星〉也是描寫小員工超時過勞、加班到深夜還在路上奔波的心酸：

嘒彼小星，三五在東。肅肅宵征，夙夜在公：寔命不同！

嘒彼小星，維參與昴。肅肅宵征，抱衾與裯：寔命不猶。

【白話譯文】

東邊的天上啊，掛著三五顆微微發亮的小星星；都這麼晚了，我還為了公事，急急忙忙在路上奔走，我們這些小員工，跟有錢人的命運真是天差地遠啊！

東邊的天上啊，參星與昴星在微微發光；都這

天還沒亮就出門工作，睡眼惺忪把衣服穿反了！

詩經學堂

1. 嘒：微明之貌。
2. 肅肅：急行之狀。
3. 宵征：夜間行役。
4. 在公：為了公事而奔波。
5. 寔：實在、的確。
6. 參與昴：星星之名。
7. 衾、裯：棉被。
8. 猶：同。

麼晚了，我還爲了公事，抱著棉被奔走在夜路上，我們這些苦命人，跟大老闆的命運眞是天差地遠！

四、談今日社會的超時過勞

對於現今工商社會的上班族而言，因工作壓力大或工時過長，造成身心俱疲而危及健康的新聞時有所聞，甚至連照護病患的醫護人員也多有過勞現象，例如2012年7月29日，臺北榮總開刀房的麻醉護理人員因爲不堪長期過度工作負荷，在開刀房內自拍抗議照，強調不想過勞死。這些護理人員控訴醫院人力不足，導致現任人員每天上班十一到十三小時，每天拖著疲累的身軀照護病患。……臺北市勞工局則表示雖然開刀房護士是責任制，不受每日工時十二小時上限限制，但不排除介入調查院方是否讓員工過勞。又，2011年4月一名離職外科醫師的妻子替丈夫向奇美醫院求償三千八百萬元薪資，因爲蔡姓醫師醫學系畢業後在奇美醫院擔任一般外科住院醫師，每月工時約三百六十小時，等於每天工作十多小時。二年前蔡醫師在開刀房中突然心肌梗塞，急救後因腦部缺氧過久，導致記憶功能缺損，無法再擔任醫師職務而丟了工作。蔡太太無奈地接受丈夫無法康復、不能工作的事實，但她也怒斥是醫院壓榨醫生超時工作，故向醫院求償，並希望大眾正視醫師的工時問題。

更甚者則傳出各企業員工因工作過度、長期疲倦所導致的猝死案例。臺灣地區亦發生過類似事件，例如2014年6月，勞工團體（臺灣職業安全健

康連線）接獲投訴，案例是一名任職媒體公關業、年約四十歲的女性員工，因長期在下班後仍收到長官透過WhatsApp工作群組交辦工作而忙到深夜，最後中風過世。由於在該女電腦中找到許多半夜存檔的工作文件，WhatsApp群組中也找到許多長官在晚上十點後交辦工作的歷史訊息。故經勞保局認定而成爲國內首例舉證雇主透過通訊軟體指令而加班的過勞死案例。

又，新北市某分局王姓員警於2013年8月7日凌晨猝死家中，醫生診斷死因爲心因性休克，家屬拿出班表，說王姓員警每個月加班超過七十二小時，平均每周一次須連續職勤二十七小時，平均每天工時超過十五個小時。家屬懷疑，是因爲他長期加班才會因公過勞死亡。

而在2013年8月4日洪仲丘舉辦告別式當天，任職年代新聞中部中心的蔡姓記者也猝死於租屋處。據同事表示，8月4日上午蔡姓記者沒到班，主管派人前往他的租屋處查看，發現他已經氣絕身亡。蔡姓記者生前原有心律不整宿疾，加上採訪洪案工作量激增，可能因此疏於照顧身體而英年早逝，造成遺憾。

由上述眾多例證，可見現今各行各業之人員於職場上所承受之身心負擔與競爭壓力均日益沉重，除政府應積極立法保障各企業員工權益，個人亦應適度忙裡偷閒，讓身心得以放鬆，才能避免悲劇發生。

你一定不知道

「夙興夜寐」、「焚膏繼晷」都是形容勤奮工作的成語。

「夙興夜寐」形容早起晚睡、勤勞工作。

「焚膏繼晷」則是指點燃燈燭熬夜工作，直到次日天亮才能休息。

現在站都站不穩，民眾還是避免外出。

百姓對尸位素餐之官員充滿怨恨與憤怒。

3-6 尸位素餐〈魏風‧伐檀〉

古代貴族坐領俸祿、生活悠閒愜意，若不思百姓疾苦，必造成民怨沸騰。

一、品味原文

坎坎伐檀兮，寘之河之干兮；河水清且漣猗。不稼不穡，胡取禾三百廛兮！不狩不獵，胡瞻爾庭有縣貆兮！彼君子兮，不素餐兮！

坎坎伐輻兮，寘之河之側兮；河水清且直猗。不稼不穡，胡取禾三百億兮！不狩不獵，胡瞻爾庭有縣特兮！彼君子兮，不素食兮！

坎坎伐輪兮，寘之河之漘兮；河水清且淪猗。不稼不穡，胡取禾三百囷兮！不狩不獵，胡瞻爾庭有縣鶉兮！彼君子兮，不素飧兮！

【白話譯文】

用斧頭砍倒一棵棵檀樹，先堆在河岸旁，等乾燥後再製成車輪；河水泛起清澈漣漪，我們卻無暇欣賞。你們這些大官，自己不下田耕種，為什麼能享用穀倉內堆滿的農作物？自己不去打獵，為什麼庭院裡能掛滿晒乾的野味？你們這些官員只領俸祿過著安逸生活，卻不思替百姓謀福利，這樣對嗎？

二、本詩意旨

〈魏風‧伐檀〉是百姓對於尸位素餐之官員

你們這些官員飽食終日，哪裡知道老百姓的勞苦。

的指責與憤怒。內容先提到自己被貴族官員徵調服役，疲於奔命地做著砍樹、造車、耕種、打獵等工作，終年不得休息，只為了滿足貴族的享受。而貴族坐領俸祿、不勞而食，生活悠閒愜意卻絲毫不思百姓疾苦，是以小民怨怒而作此詩，諷刺在位者「尸位素餐」。

「尸」是指還未出現木石雕刻的神像之前，每逢祭祀時需要有個人穿著祖先神明的衣服高高坐著讓眾人參拜，這個人就被稱為「尸」，他什麼都不用做，只要高高坐著享受眾人的參拜，就有很多供品可吃，故「尸位素餐」成語用以比喻「占著職位享受俸祿而不做事的人」。

> 我們要辛勤，打獵才有飯吃，不像那些貴族，閒閒沒事做！

三、延伸閱讀

〈魏風‧伐檀〉是由「食」（禾三百廛、爾庭有縣鶉）及「行」（坎坎伐輪兮）兩方面來諷刺貴族官員，《詩經》中的〈曹風‧蜉蝣〉則是一位忠心的老臣，由「衣」的角度來針砭執政者尸位素餐之狀況：

> 蜉蝣之羽，衣裳楚楚。心之憂矣，於我歸處。
> 蜉蝣之翼，采采衣服。心之憂矣，於我歸息。
> 蜉蝣掘閱，麻衣如雪。心之憂矣，於我歸說。

【白話譯文】

蜉蝣朝生暮死，我們國家也危在旦夕；但是上位者每天只知道要穿著華麗的朝服、重視物質享受，卻無心於國計民生。唉，我真是擔憂國家的前途啊，不如早點告老還鄉吧！

詩經學堂

1. 楚楚：鮮明的樣子。
2. 「於×」我歸處：嗚呼。
3. 采采：華美之狀。
4. 歸處、歸息、歸說：皆為辭官歸隱之意。
5. 麻衣：夏季的朝服。

四、今日的「尸位素餐」現象

今日社會中最易被詬病爲「尸位素餐」者，當爲公務員利用上班時間處理私事或打混摸魚的行爲。因爲現今大環境不景氣，公務人員的待遇令很多人羨慕不已，倘若形象不端，更易成爲眾矢之的；萬一遭到檢舉投訴，不僅有損自身專業形象，也會導致整體公務員之形象受損。有許多新聞媒體都曾以突襲方式查訪公家機關，找出害群之馬。例如有記者直擊公務員上班時間在辦公室裡玩網路遊戲、看戲劇影片、使用縫紉機，或離開辦公室去喝咖啡、買衣服，甚至還有郵差送信送到一半跑去釣魚。2014年5月，有民眾檢舉中部某縣市建設局路燈管護科之外勤員工在上班時間集體曠職，有人早上十點就在下午出勤表上簽好名，有人虛報溢領加班費，有人還把公務用器材運回家轉賣，民意代表接獲陳情後派人錄影蒐證，並向建設局檢舉，目前相關證物已送交廉政署進行調查。

公務員爲人民之公僕，理應盡心盡力爲民眾服務，但上述種種脫序行爲皆已嚴重損害國家公務員之形象，除了各機關主管應加強宣導及有效管理約束部屬行爲外，或可效法民營企業以「神祕客」方式，派遣稽查單位人員「微服出巡」至各單位進行實際訪查並錄影存證，以此作爲績效考核、人事淘汰之憑藉，相信必能有效改善人民觀感並提升公務員之行政效率與整體形象。

 你一定不知道

「尸位素餐」的無能官員又稱爲「伴食中書」或「伴食宰相」，典出《舊唐書·盧懷愼傳》：「懷愼與紫微令姚崇對掌樞密，懷愼自以爲吏道不及崇，每事皆推讓之，時人謂之『伴食宰相』。」意指盧懷愼自認爲才能不如姚崇。因此，把處理事務的決定權都推讓給姚崇，自己只在下朝後陪文武百官吃飯應酬。《幼學瓊林·文臣類》：「伴食宰相，盧懷愼居位無能。」亦作「伴食中書」。

文學書房

「神祕客購物」mystery shopping 服務業常安排隱藏身分的研究員（「神祕客」）購買特定物品或消費特定的服務，並完整記錄整個購物流程，以此測試從業人員之服務態度及產品品質。

Note

3-7 諷刺吝者〈唐風‧山有樞〉

一、品味原文

山有樞，隰有榆。子有衣裳，弗曳弗婁；子有車馬，弗馳弗驅。宛其死矣，他人是愉。

山有栲，隰有杻。子有廷內，弗洒弗埽；子有鐘鼓，弗鼓弗考。宛其死矣，他人是保。

山有漆，隰有栗。子有酒食，何不日鼓瑟？且以喜樂，且以永日。宛其死矣，他人入室。

【白話譯文】

山上生長著樞樹、栲樹和漆樹，隰地長著榆樹、杻樹和栗樹，天地孕育材木，人類則蓄積財貨。你雖然有錢，卻捨不得買好衣服來穿、捨不得騎乘車馬；捨不得住有庭院的大房子，因為這樣就不必花時間打掃；也捨不得買樂器演奏。勸你及時行樂，吃佳餚、喝美酒、彈琴瑟，趁還活著好好享受。不然等到你死了，別人便繼承你的積蓄，大大方方買豪宅進住享樂。

二、本詩意旨

〈唐風‧山有樞〉是批評那些努力賺錢聚斂，卻捨不得享受、也不願回饋社會的守財奴。詩中這

詩經學堂

1. 隰：溼地。

2. 弗「曳」弗「婁」：「曳」、「婁」皆為穿著拖曳之意。

3. 弗「馳」弗「驅」：「馳」、「驅」皆為駕馬奔馳之意。

4. 宛其死矣：若等你死後。

5. 他人是「愉」：享受得樂。

6. 廷內：廷，庭院。內，內堂。

7. 弗「洒」弗「埽」：洒，灑水。埽，打掃。

8. 弗「鼓」弗「考」：「鼓」、「考」皆為敲打樂器之意。

9. 他人是保：他人繼承房子、開心住進來。「保」，居且有之。

位守財奴似乎擁有許多田產，各類木材都是他的財富來源，然而他儲蓄了大量的金錢，卻捨不得用以改善自己的生活品質。對自己如此吝嗇，當然也不可能資助他人；存款雖多，但精神生活卻非常貧乏，因此詩人作詩來諷刺這種自私自利、一毛不拔的行徑。作者廣泛地點出基本的食、衣、住、行以及精神層次的娛樂，這個守財奴都捨不得花錢；並提醒他最好早點醒悟並及時行樂，因為人死後帶不走任何財富，現在努力累積的財富以後都會被別人所繼承享樂。

三、相關閱讀

近代英國作家狄更斯的小說《小氣財神》之內容與〈唐風・山有樞〉的主旨相當類似，描述一個吝嗇刻薄的守財奴史古基，雖然富有卻為了省錢而住在一個家徒四壁的小房間裡，房內因捨不得點燈烤火而終年又黑又冷。他的人生目的就是努力累積金錢，對於財富以外的任何事（如家人親情、朋友間的關懷、慈善公益、休閒娛樂……）則嗤之以鼻。直到某個聖誕節夜裡，他才在精靈的引領下，反省悔悟以往的生活方式，並決定改變自己的人生。

NEWS 時事看板

現代的守財奴

2014年4月，澎湖縣馬公市區的空地發現一具屍首，屍身已發黑長蛆，現場還遺留男子拾荒用的手推車和拐杖。警方調查表示，死者為七十九歲陳姓男子，早年經商致富，他未婚獨居、坐擁千萬財產，但卻捨不得花用，反而拾荒維生，常食用別人丟棄的剩菜剩飯，過得像赤貧戶。他的親友都感嘆「只進不出、存錢不花的觀念不可取，守到最後，還是別人幫他花」。這便是詩中所謂的「宛其死矣，他人是愉」之具體實例！

3-8 忠臣遭逐〈邶風・北門〉

詩中抒發了忠臣清廉自守，卻被小人進讒言，遭國君疏離的怨嘆。

一、品味原文

出自北門，憂心殷殷。終窶且貧，莫知我艱。已焉哉！天實爲之，謂之何哉！

王事適我，政事一埤益我。我入自外，室人交徧讁我。已焉哉！天實爲之，謂之何哉！

王事敦我，政事一埤遺我。我入自外，室人交徧摧我。已焉哉！天實爲之，謂之何哉！

【白話譯文】

走出北邊城門，我的心中十分憂愁。清廉自守的我，家中貧困、屋舍簡陋，沒有人知道我爲國奔走的辛苦。算了吧！這是上天給我的試驗，我又能說什麼呢？

天子即將發動對外戰事，國內的政事我也一肩承擔，然而卻還遭到小人的陷害與國君的疏離，令我心力交瘁。回到家中，我的家人都無法諒解我爲什麼要付出這麼多，爭相指責我。算了吧！這是上天給我的試驗，我又能說什麼呢？

二、本詩意旨

〈邶風・北門〉是一位忠臣的心聲，他廉潔自

詩經學堂

1. 殷殷：憂心之貌。
2. 窶：居處狹小簡陋。
3. 「王事」適我：爲天子從事征戰之事。
4. 王事「適我」、王事「敦我」：加之於我。
5. 政事一埤益我：國家大事都落在我身上。「一」，全部。
6. 交徧：輪流。
7. 埤遺：埤益。加之於己身。
8. 交徧「摧」我：以言詞指責。

文學書房

「北門之思」是源自於〈邶風・北門〉的成語，意謂忠臣爲國勞瘁、清貧自守，卻無法獲得支持之喟嘆；亦寫作「北門之嘆」。

守以致家境清貧，他忠於國事、奔波勞瘁，但是卻遭到小人進讒言，國君因此對他失去信任；他的家人也不諒解他的所作所為，他在工作和家庭兩方面皆吃力不討好，心中的挫折感可想而知。然而他只能自我安慰，認為這是上天給予他的考驗，再次調整心情，繼續努力振作。

三、今昔的北門之思

戰國時代楚國大夫屈原，因早年受到國君信任，常與楚懷王商議國事，並參與制定法律、主持外交事務。在屈原努力下，楚國國力逐漸增強。但由於性格耿直，加之小人讒言與排擠，屈原逐漸遭到國君疏遠，並先後被流放至漢北、江南之地。

現代官場之中，亦有官員雖盡忠職守、獲廣大民調支持，然因理念與長官不合而黯然去職者。如2014年2月26日，江內閣中民調第一名的內政部長李鴻源確定去職。由於李鴻源形象良好，政治能力強，不僅民調支持度高，多數立委對他的評價都是褒過於貶。因此朝野立委猜測可能是李鴻源與長官在大埔、清境議題意見相左、種下心結，而在第二波內閣改組中無預警去職。

文學書房

〈北門〉是《詩經》篇章，你知道古典文學作品裡還有哪些特殊的「門」嗎？

1.蓬門：用蓬草編成的門。為貧窮人家之代稱。

2.艙門：船艙的門。

3.龍門：科舉考場的正門。考上科舉就是「躍龍門」。

4.花門：花街柳巷的門，指妓院。

5.黌門：學校。

6.侯門：權貴世家。

7.六扇門：古代衙門為顯示威嚴氣派，多開六扇門。故「六扇門」為官府、衙門之代稱。

第四章 《詩經》中的民情悲苦

古代女子會因不孕而遭到夫家休離。

4-1 不孕之苦〈周南・芣苢〉

本詩反映不孕女子求助偏方，又擔心不孕之事被三姑六婆發現的無助。

一、品味原文

采采芣苢，薄言采之；采采芣苢，薄言有之。

采采芣苢，薄言掇之；采采芣苢，薄言捋之。

采采芣苢，薄言袺之；采采芣苢，薄言襭之。

【白話譯文】

滿地茂盛的芣苢啊，趁著沒人看見，我趕快摘下它；多摘一點、再摘一點，放進衣襟、藏進衣帶裡，偷偷帶回家。

二、本詩意旨

《說文解字》：「芣苢，一名馬舄，其實如李，令人宜子。」「芣苢」又名「當道」、「車前草」，據說可治療婦人不孕之症。

古代向來有「不孝有三，無後為大」之說，《大戴禮記》記錄了封建時代男人可以光明正大休妻的七種理由，稱為「七去（出）之條」：「婦有七去：不順父母去、無子去、淫去、妒去、有惡疾去、多言去、竊盜去。」沒有替夫家生下子嗣便是其中一項足以被拋棄的「罪過」。

詩經學堂

1. 采采：茂盛之狀。
2. 采之：採下它。
3. 薄言：迫而、趕快。
4. 「掇」之：摘折。
5. 捋之：取。
6. 袺之：藏在衣襟裡。
7. 襭之：放進腰帶裡。

芣苢

現今科技進步，人人皆知若未能生育，夫妻必須同時接受檢查以找出不孕原因再對症下藥。但古代則將不孕皆歸咎為女性責任，婦人成婚後若一直無喜訊傳出，不僅夫家長輩會加以苛責，自己也會擔心被丈夫休棄。本詩便是描述一位已婚婦女，她因為一直沒有懷孕而焦急擔憂，聽人說苯莒有治療不孕之功能，因此來到野外想摘取服用。但她又擔心被鄰居看到而落實了自己不孕的事實，因此一路上躲躲藏藏，深怕被人看見而引來閒言閒語。

相較起《詩經》中其他採蘋、採葛、採桑等篇章所洋溢的悠閒情調，本詩卻出現六次「薄言」，意謂怕人看見，所以要速戰速決；也不能光明正大用籃子裝，只能藏在袖子、衣襟和腰帶裡，偷偷帶回家煎煮成湯藥。由這六次「薄言」而流露出緊張之感，我們可以體會婦人因不孕而怕人知曉、恐人恥笑，以及擔心夫家厭棄的無助心情，雖未言及「苦」字但不孕之苦已不言自喻。

三、談歷史上的不孕美人

〈周南·苯莒〉中的女主角是個鄉間村婦，為了想求子而到處打聽偏方。歷史上有許多地位顯赫的后妃也為了求子而大費周章，因為即使身為皇后也可能因為無子嗣而被廢；當然也有宮女因生下皇子而飛上枝頭的例子。例如漢武帝與皇后陳阿嬌為青梅竹馬、感情融洽，但陳皇后一直未能生育，此時歌女衛子夫卻懷孕生下龍子，母子都受到漢武帝的寵愛。著急的陳皇后不僅求神問卜吃祕方，甚至

> **文學書房**
>
> 史書中漢武帝陳皇后的起落
>
> 《漢書·外戚列傳·孝武陳皇后》：「（陳皇后）擅寵驕貴，十餘年而無子，聞衛子夫得幸，幾死者數焉。上愈怒。后又挾婦人媚道，頗覺。元光五年，上遂窮治之，女子楚服等坐為皇后巫蠱祠祭祝詛，大逆無道，相連及誅者三百餘人。楚服梟首於市。使有司賜皇后策曰：『皇后失序，惑於巫祝，不可以承天命。其上璽綬，罷退居長門宮。』」

找女巫到宮廷裡作法求子，還多次下符咒想加害衛子夫母子；結果觸怒漢武帝，被廢除后位後打入冷宮，最後抑鬱而終；而生下皇子的衛子夫則被扶立爲皇后。

漢成帝的皇后趙飛燕本是舞妓，因能歌善舞、體態輕盈，受到漢成帝寵愛而封后；但傳說趙飛燕爲保持青春美麗而長期服用含有麝香成分的「息肌丸」，因而導致不孕。她爲鞏固自己的地位，冷血殺盡宮中已懷孕的女子，民間傳唱童謠「飛燕啄王孫」來諷刺此事；又多次假裝懷孕，想派人到民間買剛出生的嬰兒送進宮廷、僞裝成自己所生，但卻都失敗了。這些舉動均是反映出趙飛燕深知沒有生下子嗣可能后位不保的下場。

還有近來流行的影集《後宮甄嬛傳》劇情中，後宮佳麗明爭暗鬥，得知他人有孕便處心積慮使手段害對方流產，也可知是否生下子嗣實與古代婦女在家庭中之地位尊卑有明顯關聯，故壓力相當沉重；此一現象於現今社會尚且可聞，是以古代不孕婦人之淒苦無助實可想見。

四、現代人的不孕壓力

即使現代教育普及、醫療水準提升，仍有許多婦女因不孕而受到丈夫、公婆之冷嘲熱諷或惡言相向；更甚者則以妻子不孕作爲先生外遇或離婚之藉口。例如新竹市家暴防治中心於 2013年10月曾接獲一起求助案例，求助者爲年約四十歲的竹科貴婦，其丈夫是科技公司的高階主管，因妻子無法生

文學書房

「飛燕啄王孫」出處《漢書・外戚列傳・孝成趙皇后》：有童謠曰：「燕飛來，啄皇孫。皇孫死，燕啄矢。」

我必須趕緊生下皇嗣，才能鞏固地位！

育，丈夫常對妻子冷嘲熱諷，有如施加精神虐待。丈夫還以妻子不孕爲由，公開與辦公室女秘書交往，甚至把小三帶到家中故意刺激妻子，希望妻子受不了刺激而主動離婚。妻子無法忍受，一度產生想與丈夫同歸於盡的輕生念頭，幸好女警苦勸，妻子才恢復冷靜，並開始暗中蒐證丈夫外遇的證據並提出訴訟，丈夫最後付了兩億元才達成離婚協議。

誰叫妳生不出來，我家可不能絕後！

又，彰化縣有一對結婚多年而膝下猶虛的夫妻，妻子罹癌治療時，丈夫還恩愛相伴。但因公婆對媳婦未生下子嗣而深感不滿，常常冷言諷刺媳婦，媳婦則委曲求全、暗自垂淚；丈夫自認不敢違逆父母，也不想讓妻子再受嘲諷，只好訴請離婚。彰化地院調查發現，顏姓男子夫妻結婚十五年，由於妻子罹患血癌，接受化療而確定無法生育，公婆因此對媳婦惡言相向，丈夫在壓力下訴請離婚。但法官觀察夫妻仍有感情；只是顏男不敢違逆父母心意，寧讓妻受委屈，錯在顏男，因此駁回離婚之訴。

你一定不知道

「伯道無兒」用以比喻好人卻沒有子嗣。晉朝鄧攸（字「伯道」）爲河東太守時，因避石勒兵亂，帶著自己的兒子及姪子逃難。途中數次遇到賊兵，鄧攸因不能兩全，乃丟棄兒子保全姪兒，以致沒有後嗣。典出《晉書·鄧攸傳》。後人便以「伯道無兒」或「伯道之憂」比喻人沒有子嗣。如劉義慶《世說新語·賞譽》：「謝太傅重鄧僕射，常言『天地無知，使伯道無兒。』」

〈王風・中谷有蓷〉抒發了棄婦遇人不淑，遭到無情拋棄的心境。

4-2 棄婦之悲〈王風・中谷有蓷〉

沒有謀生能力的她，只能獨自漫步於山谷之中，對著天地悲嘆自己的不幸遭遇。

一、品味原文

中谷有蓷，暵其乾矣。有女仳離，嘅其嘆矣。嘅其嘆矣，遇人之艱難矣。

中谷有蓷，暵其脩矣。有女仳離，條其嘯矣。條其嘯矣，遇人之不淑矣。

中谷有蓷，暵其溼矣。有女仳離，啜其泣矣。啜其泣矣，何嗟及矣！

【白話譯文】

山谷中長了益母草，卻因為凶歲旱災而枯乾了；就如同我遭到丈夫拋棄，生活日益艱難而憔悴了。我這個被丈夫休離的棄婦，只能獨自嘆息，誰叫我嫁給了一個沒良心的男人，如今要後悔也來不及了。

二、談文學作品中的棄婦

「棄婦」是指遭到丈夫休棄的婦人，古代男尊女卑，妻子在婚姻中處於弱勢，除了前述的七出之條「不順父母去、無子去、淫去、妒去、有惡疾去、多言去、竊盜去」外，一個潔身自愛的女子也可能無端被丈夫休棄，其中最常見的例子就是婆婆

詩經學堂

1. 蓷：益母草。
2. 暵：乾燥之貌。
3. 仳離：分離、被拋棄。
4. 嘅：嘆息聲。
5. 條：條然，嘆息聲。
6. 嘯：長吟。
7. 不淑：不善、不幸。
8. 溼：未乾。
9. 何嗟及矣：嘆氣後悔都來不及了。

不喜愛媳婦，便強迫兒子休妻再娶。例如漢代樂府詩〈孔雀東南飛〉的劉蘭芝與丈夫焦仲卿雖然恩愛，但因焦母討厭劉蘭芝，故強迫焦仲卿休妻再娶，最後造成焦、劉離婚後雙雙殉情之悲劇。宋代愛國詩人陸游與其元配唐琬感情甚篤，唐琬是個才女，夫妻情投意合卻引發了陸母嫉妒、堅持要陸游休了唐琬；後來兩人雖各自再婚，然恩愛夫妻被迫分飛，心中之感慨悲傷均抒發於兩人共填的〈釵頭鳳〉詞中：「紅酥手，黃縢酒，滿城春色宮牆柳。東風惡，歡情薄；一懷愁緒，幾年離索，錯錯錯！

春如舊，人空瘦，淚痕紅浥鮫綃透。桃花落，閑池閣，山盟雖在，錦書難託，莫！莫！莫！」「世情薄，人情惡。雨送黃昏花易落。曉風乾，淚痕殘，欲箋心事，獨語斜闌，難難難！　人成各，今非昨。病魂常似鞦韆索。角聲寒，夜闌珊。怕人尋問，咽淚裝歡，瞞瞞瞞！」唐琬改嫁後也因抑鬱而早逝。

三、本詩意旨

〈王風・中谷有蓷〉詩中並未言明婦人為何遭到休棄，但提到山谷裡野生的益母草都乾枯了，暗示遇到旱災饑荒，作者之丈夫無法養家且無責任感，在此時不但無法齊心度過難關，反而不念情分、將婦人休棄趕出家門，故婦人感嘆「遇人之艱難」、「遇人之不淑」。

> **文學書房**
>
> 〈孔雀東南飛・序〉：「漢末建安中，廬江府小吏焦仲卿妻劉氏，為仲卿母所遣，自誓不嫁。其家逼之，乃沒水而死。仲卿聞之，亦自縊于庭樹。時人傷之，為詩云爾。」

> **文學書房**
>
> 「遇人不淑」是源自於〈王風・中谷有蓷〉之成語，意謂「女子誤嫁了不好的丈夫而後悔莫及」。

四、延伸閱讀

《詩經》中的〈衛風·氓〉也是一篇棄婦之詩，而且詩中很清楚地交代婦人被休棄是因為丈夫另結新歡、並對她家暴：

桑之落矣，其黃而隕。自我徂爾，三歲食貧。淇水湯湯，漸車帷裳。女也不爽，士貳其行。士也罔極，二三其德。

三歲為婦，靡室勞矣。夙興夜寐，靡有朝矣。言既遂矣，至于暴矣。兄弟不知，咥其笑矣。靜言思之，躬自悼矣。（節錄）

【白話譯文】

秋冬之際桑葉乾枯變黃，嫁給你這麼多年，我也年老色衰了。自從我嫁到你家，前三年都是跟你一起過著苦日子，現在你發達有錢了，居然叫我自己坐車渡過淇水回娘家，想到這裡我的眼淚便沾溼了車簾。婚後我沒犯任何錯過，是你有了貳心，你是個三心二意的不良之人。

嫁給你三年，我為你勞心勞力，每天從早忙到晚，忙到無法進房休息。你曾經對我說了許多甜言蜜語，現在又對我暴力動粗，我的兄弟不知道這些事情，還笑我無法維繫婚姻。靜下心來想到這些事，真是令我痛心啊！

詩經學堂

1. 自我徂(ㄘㄨˊ)爾：自從我嫁到你家。
2. 淇水「湯湯(ㄕㄤ ㄕㄤ)」：水流聲。
3. 「漸」車「帷裳」：「漸(ㄐㄧㄢ)」，沾溼。「帷裳」，車簾。
4. 女也「不爽」：沒做錯。
5. 士也「罔極」：不正、無良。
6. 靡室勞矣：忙到不能進房休息。
7. 夙興夜寐：早起晚睡。
8. 靡有朝矣：沒有一天例外。
9. 咥(ㄒㄧˋ)：嘲笑。
10. 悼：哀傷。

五、近代遇人不淑之案例

　　現代教育普及、女權伸張，然亦有不少婦女因遇人不淑且不知保護自我權益，而在婚姻中遭到迫害，實在令人痛心惋惜。例如臺中一名陳姓婦人年輕時跟流氓男友未婚生子，對方還以她的名義到處欠錢。後來她嫁給來臺觀光的日本男子想到日本重新開始，但日本丈夫好吃懶做不工作養家，她只得賣春維生，日本丈夫卻向她的恩客騙錢，還拿她的賣身錢帶外遇對象開房間，她一氣之下夥同朋友殺害丈夫，在日本服刑十年，前年回到臺灣後也被依殺人罪起訴，不過臺中地方法院考量婦人的坎坷身世加上一罪不二罰，宣告她十年徒刑免執行。又，2014年5月，一名開計程車為業的陳姓女子曾在于美人的節目中哭訴被前夫家暴，幾天後便因到前夫住處催討三萬元債務，遭對方持利剪刺死。警方調查，陳姓女子與凶嫌陳姓男子（五十七歲）婚後常遭毆打，因陳嫌醋勁大，不准陳女載男客，否則就拳腳相向。前年離婚後雙方仍有往來，並因財務糾紛爭吵不休。陳女的女兒難過地說：「母親心軟，只要陳嫌家暴後求饒就原諒他，沒想到他竟下此毒手！」

遇到丈夫施暴，記得撥打113求援。

〈邶風・擊鼓〉反映了百姓因戰亂而無法安居樂業的悲嘆。

4-3 烽火情人〈邶風・擊鼓〉

春秋時代，各國君主爭逐霸業的過程中，往往引發大規模戰爭而造成百姓的生離死別。

一、品味原文

擊鼓其鏜，踊躍用兵。土國城漕，我獨南行。
從孫子仲，平陳與宋。不我以歸，憂心有忡。
爰居爰處，爰喪其馬。于以求之，于林之下。
死生契闊，與子成說；執子之手，與子偕老。
于嗟闊兮！不我活兮！于嗟洵兮！不我信兮！

【白話譯文】

戰鼓聲響起，執政者發動了戰爭。別人運氣好，可以留在國內建築城漕壕溝，只有我的運氣差，被派去南方出征。

我跟著孫子仲的軍隊去攻打陳國和宋國，戰爭一直無法結束，我因思念家人而憂傷不已。

後來我軍戰敗，我到處流亡，露居在荒郊野外；軍隊潰散敗逃之時，我的馬也受傷逃跑了，我找了好久，才在樹林裡找到牠的屍體。

在此生離死別之際，我想到曾經與妳訂下誓言：「我會牽著妳的手，陪妳一起慢慢變老。」

唉！我們分隔遙遠，無法一起生活！我擔心無法實現諾言了。

詩經學堂

1. 擊鼓「其鏜」：鏜鏜，鼓聲。
2. 土國：挖土為戰壕以守護城國。
3. 不我以歸：我不能歸鄉。
4. 憂心有忡：憂心忡忡。
5. 「爰」居爰處：乃。
6. 死生「契」「闊」：「契」，相逢。「闊」，分離。
7. 與子成「說」：誓言。
8. 于「嗟」：吁嗟，嘆氣聲。
9. 不我活：無法一起生活。
10. 于嗟「洵」兮：遠。
11. 不我「信」：伸；實踐諾言。

二、本詩意旨

　　〈邶風・擊鼓〉描述了一個離鄉遠征的將士，因兵敗而流落異鄉，在生死交關之際他想起了妻子，也想起他曾承諾要一起白頭偕老，然而這個誓言可能無法實現了，並非他變心，而是在戰亂中，個人往往有如一艘小舟，在大時代的驚濤駭浪中茫然飄流，連自己也不知道會被沖刷到哪個方向！正因無力掌握自己的人生，因此更顯無奈悲苦。

　　首章中先暗示執政者為滿足私慾而發動戰爭，無辜百姓被迫顛沛流離。眾多役男中，唯作者運氣差，必須南征陳宋；因為建築土國城漕之工事雖然辛苦，然可留在國境之中；南征則離鄉背景、歸期難定，可謂身心俱苦，故第二章曰「憂心有忡」。第三章寫戰事不利、大軍潰敗，馬死人逃、流落於異邦，因環境惡劣或身受重傷而生死難卜，此時想起家中妻子仍在痴心等待，而自己可能再無生還家鄉之機會，也無法實現要陪妻子終老的承諾了。末章流露了作者對妻子之歉意與愧疚，也令我們體會到戰爭造成的巨大社會動盪與廣大民眾因戰亂而遭受的生離死別之苦。

三、談戰爭中的犧牲者

（一）古人篇

　　戰爭多起因於野心政治家的奪掠私慾，然而戰爭中最大的犧牲者莫過於百姓；許多青壯男子因服役而被迫離鄉背井，有人葬身異域，有人流落異

文學書房

「執子之手，與子偕老」是源自於〈邶風・擊鼓〉之成語，意謂「夫妻恩愛，共同生活到老」。

老婆，我會遵守誓言，一定活著回去看妳！

鄉，有人雖僥倖存活卻身心嚴重受創。而在家鄉苦苦等待的父母妻兒亦是日夜承受著煎熬，甚至有人等了半輩子仍是音訊全無，不知親人是生是死。有些人千辛萬苦歷劫歸來，但家鄉早已物是人非、家破人亡，杜甫有很多詩作都描述這樣的悲哀。例如〈新婚別〉：「結髮爲妻子，席不暖君床。暮婚晨告別，無奈太匆忙！君行雖不遠，守邊赴河陽。妾身未分明，何以拜姑嫜？父母養我時，日夜令我藏。生女有所歸，雞狗亦得將。君今往死地，沉痛迫中腸。」便是描寫一位新嫁娘昨天才新婚，丈夫今日就被強迫送往戰場，她不知未來會如何，無助又悲痛的心情。〈無家別〉：「寂寞天寶後，園廬但蒿藜。我里百餘家，世亂各東西。存者無消息，死者爲塵泥。賤子因陣敗，歸來尋舊蹊。久行見空巷，日瘦氣慘悽，但對狐與狸，豎毛怒我啼。四鄰何所有，一二老寡妻。」則是描述戰士歷劫歸來後，面對家鄉殘破、物是人非的凄苦之情；詩中忠實地反映了人民在戰亂動盪時期所受的痛苦和災難。

（二）現代篇

　　臺灣因曾屬日本殖民地，因此二次大戰時，許多臺籍青年以日本軍夫之身分前往南洋出征，也造成許多家庭的生離死別。例如一位在二次世

界大戰期間參加「高砂義勇隊」的臺東阿美族原住
民李光輝（日名中村輝夫），在1943年加入高砂義
勇隊，被日本政府派至南洋作戰；隔年七月在印尼
摩祿泰島失蹤，1944年底被日本政府宣告死亡。直
到1974年印尼軍方在摩祿泰島森林裡發現一名「野
人」，並查出他就是來自臺灣的李光輝，才知道
三十年來他躲在叢林間獨自生活，根本不知道二戰
結束的消息。1974年底，印尼軍方將李光輝送回臺
灣，他二十四歲離家，五十四歲返家，但妻子早已
改嫁，部落也已物是人非，加上語言隔閡，無法與
族人溝通相處，因此鬱鬱寡歡、終日菸酒，於1978
年死於肺癌。

李光輝在花蓮阿美文化
村，展示流落孤島時的
裝備

又，國史館臺灣文獻館編纂李展平自2005年開
始研究日據時期臺灣人被徵調南洋的歷史。1942年
間，大批臺灣兵被徵調到南洋擔任盟軍戰俘的監視
員，日本戰敗後，這群臺籍監視員反而淪為戰俘。
李展平先後查訪二十多人，以近十四萬字記錄他們
的心酸。其中一位臺籍監視員林水木目前住在日
本，八十六歲的他憶起當年，不禁老淚縱橫。林水
木說，日本投降後他成為戰俘，被判刑十五年並送
到北婆羅洲馬努斯島服刑，每天都被盟軍帶往深山
砍伐搬運南洋杉木，當時許多戰俘都因體力不支而
被樹木壓死，走不動就遭抽鞭子懲罰。後來林水木
被遣送到日本執行五年刑期，出獄後娶日本女子為
妻，目前林水木已歸化日籍；他向日本政府求償以
補償那段被迫當軍夫而淪為戰俘的悲慘歲月，但官
司纏訟三十年，依然敗訴。

文學書房

你知道古典文學中關
於戰爭的代稱有哪些
嗎？
1.兵戎：因為「兵」
  和「戎」，二者都
  是戰爭中常見的兵
  器，故可作為戰爭
  的代稱。
2.干戈：「干」是盾
  牌。「戈」是長戈。
  二者都是戰爭中常
  見的武器，故可作
  為戰爭的代稱。
3.烽煙、烽火：因為
  古代戍守邊境的軍
  隊，遇有緊急戰事
  便立刻焚燒狼糞、
  燃起烽煙以通知示
  警附近的部隊，故
  「烽煙」、「烽
  火」可作為戰爭的
  代稱。

戰爭時，將士離家遠征，遙遙不知歸期。

4-4 役者思家〈魏風·陟岵〉

〈魏風·陟岵〉反映了遠征的士兵思家卻無法回家的悲苦。

一、品味原文

陟彼岵兮，瞻望父兮。父曰：「嗟！予子，行役夙夜無已。上慎旃哉！猶來無止。」

陟彼屺兮，瞻望母兮。母曰：「嗟！予季，行役夙夜無寐。上慎旃哉！猶來無棄。」

陟彼岡兮，瞻望兄兮。兄曰：「嗟！予弟，行役夙夜必偕。上慎旃哉！猶來無死。」

【白話譯文】

登上高山遠望，想望見故鄉的老父親。還記得離家入伍那天，父親交代：「唉！兒子啊，當兵打仗很辛苦的，從早到晚都無法好好休息。你千萬要小心謹慎，一定要活著回來啊！」

登上高山遠望，想望見故鄉的老母親。還記得離家入伍那天，母親交代：「唉！我的小兒子啊，打仗很辛苦的，你要隨時保持警覺，千萬不要睡到人事不知。你要小心謹慎，一定要回來，不要拋下我啊！」

登上高山遠望，想望見故鄉的兄長。還記得離家入伍那天，哥哥交代：「弟弟啊，打仗很辛苦的，你一定要和同伴一起行動，不管到哪裡，都不

詩經學堂

1.陟彼岵兮：登上高山。

2.上慎旃哉：一定要小心謹慎啊。

3.猶來無止：一定要想辦法活著回來。

4.予「季」：幼子。

5.無寐：不要睡得太沉。

6.夙夜「必偕」：一定要和同伴一起行動。

能落單。你一定要活著回來，不能年紀輕輕就死了呀！」

二、本詩意旨

〈魏風・陟岵〉的作者是一個出征的小兵，在這首詩中呈現了兩個重點。其一，登高望鄉，明知山重水隔、望不到故鄉，仍要極目望向雲天蒼茫之處；「登高以望遠思鄉」在之後的文學作品中成為一種傳統，例如王粲〈登樓賦〉：「登茲樓以四望兮，聊暇日以銷憂。……情眷眷而懷歸兮，孰憂思之可任？」崔顥〈黃鶴樓〉：「昔人已乘黃鶴去，此地空餘黃鶴樓。黃鶴一去不復返，白雲千載空悠悠。 晴川歷歷漢陽樹，芳草萋萋鸚鵡洲。日暮鄉關何處是，煙波江上使人愁。」均是此類作品。

本詩第二個重點在強調家人的關心叮嚀，他們在送行時一再提醒軍旅生活的辛苦，讓小兵先有心理準備；也要小兵注重自身安全，不求建功立業、只求平安返鄉，這才是家人諄諄告誡之重點。故父親提醒要言行謹慎，母親提醒要小心警覺，兄長提醒要團體行動、切勿落單，均是希望小兵能安全平安度過戰事，早日平安歸鄉。

三、相關閱讀

《詩經》中尚有其他〈魏風‧陟岵〉、〈周南‧卷耳〉兩首詩的內容是描寫役者思家，不過描寫的手法與角度不同，因此讀來各有韻味。〈魏風‧陟岵〉是描述役者思家，並敘述家人對他的掛心；〈唐風‧鴇羽〉也是征人懷念故鄉，然而卻是擔心家中父母無人照料的作品，〈周南‧卷耳〉則是遙想妻子之詩。

（一）〈唐風‧鴇羽〉

肅肅鴇羽，集于苞栩。王事靡盬，不能蓺稷黍。
父母何怙？悠悠蒼天，曷其有所！
肅肅鴇翼，集于苞棘。王事靡盬，不能蓺黍稷。
父母何食？悠悠蒼天，曷其有極！
肅肅鴇行，集于苞桑。王事靡盬，不能蓺稻粱。
父母何嘗？悠悠蒼天，曷其有常。

【白話譯文】

一群鴇鳥拍翅棲集在樹上，我卻還無法與家人團聚。君王發動了戰爭，我被迫離家出征，家鄉農田無人耕種，家中的父母無人奉養，將如何維生？上天啊！戰爭何時才能停止，我們的生活要何時才能恢復正常呢？

詩經學堂

1. 肅肅：拍翅聲。
2. 苞栩：茂盛的樹木。
3. 王事：君王發動戰事。
4. 靡：不。
5. 盬：止息。
6. 蓺：種植。
7. 怙：依靠。
8. 曷其有所、曷其有極：何時能結束。
9. 曷其有常：何時能恢復正常。

（二）〈周南·卷耳〉

采采卷耳，不盈頃筐。嗟我懷人，寘彼周行。

陟彼崔嵬，我馬虺隤。我姑酌彼金罍，維以不永懷。

陟彼高岡，我馬玄黃。我姑酌彼兕觥，維以不永傷。

陟彼砠矣，我馬瘏矣，我僕痡矣，云何吁矣！

【白話譯文】

我的妻子去採野菜，滿地茂盛的卷耳，她卻採不滿一個菜籃。如果你問她，她一定會告訴你：「唉，因為我在思念我的丈夫，他現在正跋涉在出征的道路上。」

部隊要登上那座高山，我的馬疲累不堪，暫且停下腳步喝點酒消憂解悶吧！喝醉了就可以暫時忘記憂傷。

部隊要登上那座遍布石礫的高山，我的馬已經累壞了、我的馬夫也累病了，前途茫茫、歸期難定，實在令我感嘆憂傷。

詩經學堂

1. 采采：茂盛狀。
2. 卷耳：一種野菜、葉形如鼠耳。
3. 「寘」彼「周行」：「寘」，在。「周行」，大道。
4. 陟彼崔嵬：登上那座高山。
5. 我馬「虺隤」：疲累憔悴。
6. 我「姑」酌彼金罍：姑且、暫且。
7. 金罍：金屬製的酒壺。
8. 永「懷」：懷念家人。
9. 我馬「玄黃」：身上沾滿黑土和黃沙，形容馬兒疲累憔悴之狀。
10. 兕觥：犀牛角製成的酒器。
11. 砠：遍布石礫的山。
12. 瘏、痡：皆是生病之意。
13. 吁：憂傷嘆氣。

戰爭往往造成巨大的破壞，包括大量的死亡人數與城市文明的崩毀。

4-5 國破家亡〈王風‧黍離〉

〈王風‧黍離〉便抒發了因戰爭而國破家亡、人事全非的悲慟。

一、品味原文

彼黍離離，彼稷之苗。行邁靡靡，中心搖搖。
知我者，謂我心憂；不知我者，謂我何求。悠悠蒼
天，此何人哉！

彼黍離離，彼稷之穗。行邁靡靡，中心如醉。
知我者，謂我心憂；不知我者，謂我何求。悠悠蒼
天，此何人哉！

彼黍離離，彼稷之實。行邁靡靡，中心如噎。
知我者，謂我心憂；不知我者，謂我何求。悠悠蒼
天，此何人哉！

【白話譯文】

走在故都的街道上，野生的黍禾長得正茂盛，
高粱也都欣欣向榮地抽穗結實；我徘徊在斷壁殘垣
之間，心中起伏難平，難過到無法呼吸。了解我的
人知道我為何這麼悲傷；不認識我的人卻問我：
「你為什麼這麼傷心呢？」老天爺啊！這個人根本
無法了解我的痛苦啊！

詩經學堂

1. 離離：茂盛之狀。
2. 彼「稷」「之
   苗」：「稷」，高
   粱。「之苗」，正
   在長苗。
3. 行邁靡靡：行走緩
   慢，表示心中有
   憂。
4. 中心搖搖：心懷愁
   緒，無法定心。
5. 如醉：無法控制自
   己。
6. 如噎：難過到無法
   呼吸。

二、本詩意旨

西周末年周幽王專寵褒姒，廢申后及太子宜

臼，申后之父申侯引來蠻族犬戎攻陷首都鎬京，犬戎殺死幽王後在鎬京大肆燒殺擄掠，後雖有鄭、秦等國來救，擁立太子宜臼爲周平王，但鎬京已殘破不堪，據《東周列國志》記載：「宮闕自焚燒之後，十不存五，頹牆敗棟，光景甚是淒涼。平王一來府庫空虛，無力建造宮室，二來怕犬戎早晚入寇，遂萌遷都雒邑之念。」故周平王遷都雒邑，史稱東周。

這首詩是隨著平王東遷到雒邑的大臣，多年後因故回到鎬京，見舊時的宗室宮廟、瓊樓玉宇都已成爲斷壁殘垣，以往人車川流不息的京師道路竟成爲黍稷雜生的荒野，感念今非昔比而哀慟不已。故《詩序》云：「〈黍離〉，閔宗周也。周大夫行役，至于宗周，過故宗廟宮室，盡爲禾黍。閔周室之顚覆，彷徨不忍去而作是詩也。」

詩人先寫出眼前所見，以往最繁華的京師地界因政府遷都，居民盡皆搬離而淪爲荒野，只剩下野禾叢生，過去自己住過的房子也已成爲鳥獸宿居的巢窩，不禁憂傷憤懣、悲從中來。此時若有人見其在廢址中痛哭，必然上前關心，若對方與自己均

經歷過相同的時代劇變，必然會與自己一同掩泣嘆息；若對方年紀輕，不曾經歷過相同悲劇，那麼多費唇舌解釋亦無法讓對方了解國破家亡之悲，心中苦楚，唯有上天可知。

三、「黍離麥秀」之悲

（一）古人篇：韋莊〈秦婦吟〉

唐僖宗廣明元年（西元880年），黃巢軍攻入長安，僖宗出逃成都，長安城遭到叛軍燒殺擄掠，三年後，韋莊將當時耳聞目見的種種亂離情形，假託一位從長安逃難出來的女子（秦婦）之「自述」，寫成長篇七言敘事詩〈秦婦吟〉，其中部分內容描述了繁華的長安在戰亂過後殘破不堪、有如死城之蕭索悲涼的場景：

> 東南斷絕無糧道，溝壑漸平人漸少。
> 六軍門外倚僵屍，七架營中填餓莩。
> 長安寂寂今何有？廢市荒街麥苗秀。
> 採樵砍盡杏園花，修寨誅殘御溝柳。
> 華軒繡轂皆銷散，甲第朱門無一半。
> 含元殿上狐兔行，花萼樓前荊棘滿。
> 昔時繁盛皆埋沒，舉目淒涼無故物。
> 內庫燒爲錦繡灰，天街踏盡公卿骨。

其中「廢市荒街麥苗秀」，便是引用了「黍離麥秀」之典故。

（二）近代篇

作家龍應台於《大江大海一九四九》書中描寫

文學書房

《史記‧宋微子世家》記載了一個與〈王風‧黍離〉類似的故事：「箕子朝周，過故殷虛，感宮室毀壞，生禾黍，箕子傷之，……乃作〈麥秀〉之詩以歌詠之。其詩曰：『麥秀漸漸兮，禾黍油油。』……殷民聞之，皆爲流涕。」是以後世以成語「黍離麥秀」來比喻國破家亡、人事全非的悲痛；亦作「故宮禾黍」。

華麗的宮殿，現在已經變成廢墟，長滿野生的麥子了。

她的母親應美君女士因國共內戰而在一九四九年一月離開家鄉淳安城，逃亡至臺灣，當年離開時原本還以為只是暫時避難、很快就可以回來，沒想到卻等到六十年後才能再回故鄉。然而，原本位於新安江畔、曾有千年繁華的淳安古城，卻因為一九五九年的長江大壩工程而沉入水底，應女士曾住過的古宅、家中的果園、祖先的墳塋⋯⋯均已消失在水平面下。應女士回到故鄉時，只見煙波浩渺，整座古城都沉入千島湖底。她們坐著汽艇在六百平方公里的水面上穿梭，經過一個又一個大大小小的荒島，露出湖面的眾島其實都是應女士幼年時爬過的山嶺，湖底則是當年人煙稠密、沃土富饒的城鎮、良田和果園。她的母親面對著消逝的家園不禁黯然落淚，文中所描述的便是近代人的「黍離麥秀」之悲。

　　現今科技昌明，各國陸續研發出核武等毀滅性武器，倘若不幸爆發第三次世界大戰，可能造成人類滅絕，屆時世界文明均成荒煙漫草之遺蹟，但應該已無倖存之人類可來憑弔感慨。

你一定不知道

千島湖湖底曾是淳安古城，現在已被水草、魚鱉所盤據。

穿越千年時空

清代圓明園在英法聯軍之役中被焚毀，歷經戰亂劫掠，僅存遺址。

本詩反映了流民在陌生環境中，茫茫無助的艱困之感。

4-6 流離之悲〈王風‧葛藟〉

戰爭會造成廣大民眾流離失所、無家可歸之痛苦，〈王風‧葛藟〉便抒發了人民因戰爭而漂泊異邦、無依無靠的悲痛。

一、品味原文

　　緜緜葛藟，在河之滸。終遠兄弟，謂他人父。謂他人父，亦莫我顧。

　　緜緜葛藟，在河之涘。終遠兄弟，謂他人母。謂他人母，亦莫我有。

　　緜緜葛藟，在河之漘。終遠兄弟，謂他人昆。謂他人昆，亦莫我聞。

【白話譯文】

　　葛藟因為長在水邊，受到河水滋潤，才能生長茂盛、綿延不絕；我們也要留在故鄉，才能安居樂業。但是現在卻被迫要遠離故土的親人、飄零到遙遠的異鄉生活，就算口裡尊稱異邦人為「伯父」、「伯母」、「大哥」，他們也不可能真心把我當成同胞親戚，無私地照顧我、友愛我、關心我。

二、本詩意旨

　　〈王風‧葛藟〉抒發了人民因戰爭而流離失所、漂泊異邦的悲痛。一開始先以河邊的葛藟受到河水灌溉滋潤而綿延不息，比喻農業時代的人民要在故鄉受到鄉土人情的關懷，方能安居樂業。然因

詩經學堂

1. 緜緜：長而不絕。
2. 葛藟：藤本植物，開黃綠色花瓣，果實球形，黑色，可食用，其根莖果實都可當藥用。
3. 在河之「滸」：水濱。
4. 亦莫我顧：亦莫顧我。不肯愛護我
5. 在河之「涘」：水邊。
6. 亦莫我「有」：「有」，友。亦莫友我，不肯友愛我。
7. 在河之「漘」：河岸。
8. 謂他人「昆」：昆仲、兄弟。
9. 亦莫我「聞」：體恤慰問。

戰亂烽火，百姓不得不離鄉背井，到處逃難；更甚者如一家人因戰亂而分散到天涯海角、音訊遠阻，不知要到何時才能再團聚。亦有因種種原因而無法再回故鄉，只能在異地落地生根者，在陌生的環境、人生地不熟的情況下，其茫茫無助的艱困之感轉化成此詩沉痛的語言。故朱熹《詩集傳》：「世衰民散，有去其鄉里家族而流離失所者，作此詩以自歎。」《左傳·文公七年》亦曾引用此詩：「昭公將去群公子。樂豫曰：『不可。公族，公室之枝葉也；若去之，則本根無所庇蔭矣。〈葛藟〉猶能庇其根本，故君子以為比，況國君乎？』」以說明同胞兄弟當團結互助，不可反令其離散失所而無依。

三、古今時事比一比

（一）古代篇

中唐時期，唐代因各地節度使奪權爭地而引發許多戰亂，白居易一家因逃難而離散四方，當時兵馬倥傯、音訊難通，白居易只能寫下〈自河南經亂、關內阻饑，兄弟離散、各在一處，因望月有感，聊書所懷，寄上浮梁大兄、於潛七兄、烏江十五兄，兼示符離及下邽弟妹〉以表達他的心情：

時難年荒世業空，弟兄羈旅各西東。

田園寥落干戈後，骨肉流離道路中。

吊影分爲千里雁，辭根散作九秋蓬。

共看明月應垂淚，一夜鄉心五處同。

本詩以「共看明月應垂淚」點出月圓而骨肉未團圓，一家五口分散在大江南北各地，只能遙遙望月、思念親人，並希望彼此都能健在安好。詩作之內涵亦符合朱熹《詩集傳》：「世衰民散，有去其鄉里家族而流離失所者，作此詩以自歎」之謂也。

（二）近代的葛藟之悲

明清之際，便有許多閩粵人民外移到東南亞成爲僑民，近代中國自清末以來也因戰事不息，而使許多百姓流亡異邦，目前世界各地都有華僑蹤跡。他們在海外雖努力工作及試圖融入當地、落地生根，但也常常因文化語言及價值觀的不同而受到當地人的敵視或排斥，而引發所謂的「排華運動」。

例如十九世紀六零年代，先因美國西部開發，加州掀起淘金熱，後又因建設鐵路需要大批勞工，許多華人離鄉背井偷渡到美國工作。然因文化語言的隔閡造成各種誤會，因此加州在1882年通過排華法案，並引發一連串暴力排華事件，許多華人因此死亡。直到2014年8月19日，加州眾議院才經由正式投票通過SCR122與SJR23兩個決議案，正式承認加州華裔美人的眾多成就與貢獻，並要求美國國會爲1882年通過的排華法案正式道歉。

印尼在1998年5月13至16日也發生了暴力排華

文學書房

成語「哀鴻遍野」用以比喻「到處都是流離失所的難民。」「哀鴻」原意是失群哀鳴的鴻雁，後比喻流離失所的災民。典出《詩經・小雅・鴻鴈》：「鴻鴈于飛，哀鳴嗷嗷。」

行動，在印尼的雅加達、棉蘭、巨港、梭羅和泗水等城市都出現屠殺華裔社群之暴行。暴動中，有數萬名華裔人士受到虐待與殺害，根據印尼官方調查機構「聯合實情調查團」發布的調查報告，共有一千二百五十位印尼華人死亡，二十四人受傷，八十五名婦女遭到性侵和性騷擾，但事實上遭到性侵的華裔婦女人數可能超過千人。

又例如1949年國民政府敗退臺灣，但國共內戰並未結束。在廣西、雲南邊境，國軍的殘餘部隊與共軍仍在做最後的殊死戰。由李彌將軍率領的一支孤軍，從雲南入緬甸，最後抵達泰北。這支孤軍加上西南各省的政府官員、家人眷屬、民眾百姓，浩浩蕩蕩二、三十萬人之眾。起初在緬甸北境的熱帶叢林中過著無電無水的原始生活。李彌返臺後，李文煥、段希文二位軍長組織第三軍、第五軍「雲南人民反共組織志願軍」，幫助泰國政府掃蕩泰共，才取得泰北居留權，但卻被侷限在金三角清萊、美斯樂等地，變成無國籍的一群難民。雖然後來有部分人士得以遣返臺灣，但還有七、八萬孤軍及後裔留在泰北，就此流落異域，過著次等公民的悲慘生活。由這些僑民之遭遇，我們實可體會〈王風‧葛藟〉中所描述的流離失所、漂泊異邦之無奈與悲痛。

流浪到異鄉，永遠都覺得自己是次等公民！

NEWS **時事看板**
電影〈異域〉便是改編自泰北孤軍的故事。

戰爭往往造成大量的孤兒與流民。

4-7 孤兒自嘆〈唐風‧杕杜〉

本詩描述孤兒因戰爭而失去所有家人，流浪在道路上卻無人對他伸出援手的悲哀。

一、品味原文

有杕之杜，其葉湑湑。獨行踽踽。豈無他人？不如我同父。嗟行之人，胡不比焉？人無兄弟，胡不佽焉？

有杕之杜，其葉菁菁。獨行睘睘。豈無他人？不如我同姓。嗟行之人，胡不比焉？人無兄弟，胡不佽焉？

【白話譯文】

路旁有一棵獨生的杜樹，枝葉十分茂盛。我也是一個人孤獨地行走於道路上。難道路上沒有其他行人嗎？雖然有，但他們都與我非親非故。唉，路過的行人啊，為什麼不關懷我呢？我既無父母、亦無兄弟，為什麼他們不對我伸出援手呢？

二、本詩意旨

春秋時代，許多百姓在戰爭中失去父母親人，淪為孤兒，〈唐風‧杕杜〉描述一位四處流浪的孤兒，他羨慕大樹雖然獨生於路旁，卻能因天地滋潤而生長茂盛；反觀於他自身，既無父母關愛、亦失兄弟扶持，在亂世中無親人可投奔也無家可歸，必

詩經學堂

1. 有杕（ㄉㄧˋ）之杜：「有杕」，杕然，孤獨之貌。杜，植物名，今名赤棠。

2. 湑（ㄒㄩˇ）湑、菁菁：均為茂盛之狀。

3. 踽（ㄐㄩˇ）踽、睘（ㄑㄩㄥˊ）睘：皆為孤獨之狀。

4. 行之人：道路的行人。

5. 胡不「比」（ㄅㄧˋ）焉：親近。

6. 佽（ㄘˋ）：幫助。

然是三餐不繼、形容憔悴。因此他希望路過之人能憐憫幫助他，只可惜時值亂世，眾人皆忙著逃命而獨善其身，孤兒因而作此詩以自傷自嘆。

三、現代的孤兒之悲

臺灣雖已太平日久，然國際間仍有不少地區因兵馬倥傯或是傳染病流行而造成許多孤兒問題。例如1994年盧安達的種族滅絕劫難，胡圖族極端分子屠殺了五十至一百萬名圖西族人和溫和派胡圖族人，其中數十萬兒童慘遭殺害，另外數十萬兒童成了孤兒。自1998年起，剛果民主共和國內戰期間，許多不到十歲的幼童為了生存而加入武裝部隊。在西非的多哥，父母死於愛滋病或其他原因的孤兒被迫負擔家計，人口販子將孩童賣到奈及利亞等周邊國家當傭人或農工，男童每天工作長達十三個小時，常因細故遭到主人毒打，女童則淪為雛妓。此外，東部和南部非洲有高達三分之一的兒童因營養不良而體重過輕，許多國家因乾旱、糧食危機和內亂，造成兒童嚴重營養不良甚至死亡。戰亂讓非洲無數孩童流落街頭，毫無謀生技能的孤兒只能從事體力勞動或因性交易染上愛滋病；而貧窮和糧食不足更令幼齡兒童長期營養不良、疾病抵抗力薄弱。是以聯合國呼籲眾人跨越國際發揮愛心，給予更多關懷。

NEWS 時事看板

2013年獲得總統教育獎的林愷，生長於臺東縣卑南族部落，國小四年級時父母罹癌雙亡，只能依靠阿嬤打零工撫養。林愷也曾經因為家中劇變而怨天尤人、自暴自棄，但在阿嬤和師長的鼓勵之下，他接受了命運安排的困境並立志不被命運擊倒，自此更加堅強與懂事。學校師長以及許多家長們常常給予幫助鼓勵，並替林愷申請各種資源與補助，同學的友愛也帶給他勇氣及力量。他雖父母雙亡、家境清寒，然自立自強、品學兼優、謙虛有禮、不向命運低頭，是同學效法學習的標竿。他也期許自己日後成為仁心仁術的良醫，以回報社會、幫助更多人！

第五章 《詩經》中的歷史事件

本詩記載了衛宣公奪媳之醜聞。

5-1 奪媳亂倫〈邶風‧新臺〉

春秋時代的衛宣公是個好色荒淫之徒，他強奪了自己的兒媳，又設計殺害自己的親生兒子。

一、品味原文

新臺有泚，河水瀰瀰。燕婉之求，籧篨不鮮。

新臺有洒，河水浼浼。燕婉之求，籧篨不殄。

魚網之設，鴻則離之。燕婉之求，得此戚施。

【白話譯文】

　　剛落成的新臺富麗堂皇，就蓋在流水滔滔的黃河邊上。齊國的宣姜本來以為她要嫁給一個英俊的太子，沒想到嫁給一個像蟾蜍的老不死。

　　設下漁網想捕魚，卻捕到一隻癩蝦蟆；宣姜本來以為她要嫁給一個英俊的太子，沒想到嫁給一個像蟾蜍的老不死。

二、談荒淫的衛宣公

　　衛宣公姬晉是歷史上著名的荒淫昏君，他年輕時就與父親（衛莊公）的姬妾夷姜私通，還生下一個兒子「伋」（又稱「急子」，意即急著來到世間的孩子），但為了避人耳目，他們將孩子寄養在民間。直到衛宣公即位後，不僅公然寵幸夷姜、立她為妃，還立姬伋為太子，並替姬伋向齊僖公的女兒宣姜求親。沒想到派去齊國求親的使者回國後報告

詩經學堂

1. 新臺：衛宣公為奪兒媳，在黃河旁趕工建造的宮殿。

2. 有泚、有洒：均指光鮮亮麗、富麗堂皇之狀。

3. 瀰瀰、浼浼：水流盛大之狀。

4. 燕婉：美也。此指年輕美男子。

5. 籧篨、戚施：蟾蜍。

6. 不鮮、不殄：罵人之語，如今之「老不死」。

7. 「鴻」則「離」之：「鴻」，苦蠪，癩蝦蟆之別稱。「離」，遭遇。

說，宣姜是個舉世無雙的大美女。衛宣公便起了色心，在兩國首都之間的黃河之濱修築了一座豪華宮殿，取名為「新臺」；再使出調虎離山之計，派太子去出使宋國。太子一離開國境，衛宣公立刻派人去齊國迎親，卻把宣姜的花轎抬進新臺，霸王硬上弓後，原本的兒媳竟成為自己的妃子。

美麗的宮殿裡居然發生了如此醜陋齷齪之事！此事被稱為「新臺醜聞」，當時之人都對衛宣公的無恥之舉感到氣憤難平，於是創作了〈新臺〉之詩到處傳唱，以諷刺宣傳衛宣公之醜事。故《詩序》曰：「〈新臺〉，刺衛宣公也。納伋之妻，作新臺于河上而要之。國人惡之，而作是詩也。」

三、癩蝦蟆吃天鵝肉 —— 衛宣公的醜陋形象

本詩作者試圖以蟾蜍（癩蝦蟆）的形象來比擬衛宣公，包括「籧篨」、「戚施」、「鴻（苦蠪）」全部都是「蟾蜍」的別稱。當時衛宣公已近花甲之齡，鬆弛起皺的皮膚、一塊塊的老人斑、多汗溼滑的手足都與蟾蜍之形象多所重疊；並暗用了「癩蝦蟆吃天鵝肉」來諷刺衛宣公色慾薰心、強奪兒媳之醜陋嘴臉，且作者多次以「老不死」辱罵之，可見當時之民眾對衛宣公已喪失尊敬之心，故用詞激烈。

四、延伸閱讀：宣姜「美人薄命」的悲劇形象

宣姜以齊國公主之身分遠嫁衛國太子，原本是郎才女貌、門當戶對的良緣；只可惜造化弄人，竟

文學書房

史傳中的衛宣公醜行
《左傳·桓公十六年》：「初，衛宣公烝於夷姜，生急子。屬諸右公子，為之娶於齊而美，公取之。」

＝ 衛宣公？

被無恥的衛宣公設計強占，當時之人對她的遭遇多寄予同情，如本詩「燕婉之求，得此戚施」則是表達造化的無奈以及對宣姜的同情。此外，《詩經》中另一篇〈鄘風・君子偕老〉更具體地描述了宣姜的容貌儀態與命運多舛：

君子偕老，副笄六珈。委委佗佗，如山如河，象服是宜。子之不淑，云如之何！

玼兮玼兮，其之翟也。鬒髮如雲，不屑髢也。玉之瑱也，象之揥也，揚且之皙也。胡然而天也？胡然而帝也？

瑳兮瑳兮，其之展也。蒙彼縐絺，是紲袢也。子之清揚，揚且之顏也。展如之人兮，邦之媛也。

【白話譯文】

她是衛國的國君夫人，頭上配戴著華麗的六珈髮飾，氣度雍容華貴，王后的衣服穿在她身上真是合宜好看。她的秀髮烏黑濃密，根本就不需要配戴假髮。她穿戴著翠玉耳環、象牙髮簪，她的容貌豔麗，皮膚白皙，怎麼會有人長得這麼像天上的仙女，其實她是人間的公主。她從裡到外都穿著合宜的國后之服，我們衛國再也找不到比她更美的女子了。

在〈鄘風・君子偕老〉中，作者極力鋪陳了宣姜驚人的美貌、雍容華貴的氣質、典雅超凡的儀態，勾勒出一位內外兼美、舉世無雙的美人形象；然而，這樣一位美人雖身為國君夫人、地位崇高，卻是不幸福、不快樂的，因為她原本懷著憧憬，希

詩經學堂

1. 君子偕老：衛國國君的妻子，指宣姜。
2. 副笄六珈：國君夫人的華麗頭飾。
3. 委委佗佗、如山如河：均是形容氣度雍容華貴。
4. 象服是宜：王后的衣服穿在她身上真是合宜好看。
5. 子之不淑：宣姜遭到不幸。
6. 云如之何：她只是一個弱女子，又能如何呢？
7. 玼、瑳：皆為「華盛之貌」。
8. 翟：鳥羽。皇后之服可以翟鳥羽毛裝飾。
9. 鬒：頭髮濃密。
10. 髢：假髮。
11. 瑱：充耳之玉，耳環。
12. 象之揥：象牙髮簪。
13. 揚且之皙：青春亮麗，膚色白皙。
14. 胡然而「天」也？胡然而「帝」也：「天」，指天上仙女。「帝」，帝女，公主。
15. 其之「展」也：展衣，皇后之服。
16. 紲袢：貼身內衣。
17. 展如：真的。

望能嫁給一位與她年齡相仿、青春多情的太子；然而卻被命運捉弄，被年老醜陋又好色的公公所霸占。再多物質生活的享受、再多華麗貴重的飾品和服裝，都無法彌補她心中的悲傷與無奈，故首章末二句「子之不淑，云如之何！」便是感嘆她紅顏薄命、遭遇不幸，為其惋惜之言。

 你一定不知道

貴婦的珠寶盒

什麼是「珈」？

鄭玄〈箋〉：「珈，如今步搖上飾。」即髮簪上再添加垂墜之飾品，行走時可搖曳生姿。

什麼是「瑱」？

毛亨〈傳〉：「瑱，塞耳也。」即耳環。

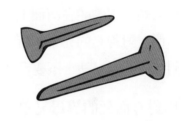

貴婦的梳妝臺

什麼是「髢」？

「髢」為假髮，此字傳到韓國並保留於他們的語彙中，現在韓語中的「加髢」專指貴婦人所戴的誇張高聳假髮。今漢語中此字因為較少使用，知道用法的人反而不多了。

所謂「虎毒不食子」，難怪衛宣公之行徑會遭到百姓唾棄。

5-2 謀殺親兒〈邶風・二子乘舟〉

此篇記載了春秋時代衛宣公強奪兒媳後怕兒子報仇，竟設計謀殺親生子的醜聞。

一、品味原文

二子乘舟，汎汎其景；願言思子，中心養養。

二子乘舟，汎汎其逝；願言思子，不瑕有害。

【白話譯文】

衛國的姬伋、姬壽兩位公子都義無反顧地登上了死亡之船，那艘船在河面上漸漸消失了蹤影。一想到你們這對善良的兄弟，就令人擔心不已啊！希望你們都能逃過一劫，不要受到任何傷害。

二、爲對方而死的異母兄弟

在前一單元〈邶風・新臺〉中提到，衛宣公爲了奪走兒媳，派太子伋出使宋國，待太子返國時，自己的未婚妻已經變成父親的妃子了，但因木已成舟，太子伋也只能被迫接受事實。宣姜後來生下兩個兒子，長子名「壽」，次子名「朔」。衛宣公因寵愛宣姜，因此想將國君之位傳給公子壽，再加上奪媳之事而疑心生暗鬼，總懷疑太子伋會伺機報復，所以視太子伋爲眼中釘，但太子個性謙和敬愼，因此暫時也找不到藉口廢長立幼。

詩經學堂

1. 二子：指姬伋、姬壽兩位衛國公子。
2. 「汎汎」其「景」：「汎汎」，漂浮之狀。「景」，影。
3. 「願」言思子：掛念。
4. 養養：「漾漾」之假借字。指心情煩憂、無法安定。
5. 不瑕有害：不至於遭到殺害。

可憐的太子伋已成爲衛宣公的眼中釘了！

公子壽天性溫和仁慈，與太子伋情如同胞兄弟；但公子朔卻覬覦君位，因此常在父母面前說太子伋的壞話挑撥離間。衛宣公聽信讒言，指責已失寵的夷姜「教子無方」，夷姜憤而投繯自盡，公子朔則繼續造謠並獻計欲殺死太子。

魯桓公十六年（西元前701年），衛宣公命太子伋出使齊國，並授以代表使節身分的白旄。自衛國往齊國必須乘船，衛宣公派遣一批刺客假扮盜賊、埋伏在渡口伺機殺死太子。但宣姜不小心將暗殺太子的計謀透露給公子壽知道，公子壽與太子向來友好，於是他趕緊去見太子，希望他逃亡避禍；但太子伋堅持不願違抗父命，依然整裝出發。

公子壽願為太子赴死，因此設下一計：以送行為由，召來另一艘船置酒設宴，假稱要為太子餞行；其實是將太子伋灌醉後偷走他的使節白旄，登上太子的使節船連夜出發。船行至莘野渡口時，刺客以為手拿使節白旄之人便是太子伋，便一湧而上，殺了公子壽，並砍下他的頭顱欲回京覆命領賞。太子伋酒醒之後，發現公子壽欲替他而死，也火速乘著公子壽的船趕到莘野渡口，但此時公子壽已被殺死。太子哭著表明身分，並指責強盜

殺錯人了，於是刺客一不做、二不休，又殺了太子伋，然後將兩顆頭顱一起交給衛宣公覆命。衛宣公發現自己心愛的兒子公子壽竟然也被殺死，驚嚇過度，不久後便一命嗚呼。

三、本詩意旨

所謂「虎毒不食子」，因此衛宣公派人暗殺親生兒子的凶殘手段在當時喧騰一時；正因為太子伋與公子壽都是仁愛孝悌之人，更令人感到悲痛不捨，於是將此事編成歌謠傳唱以紀念此事。故《詩序》曰：「〈二子乘舟〉，思伋、壽也。衛宣公之二子，爭相為死；國人傷而思之，作是詩也。」

文學書房

正史中的衛宣公醜行

《左傳·桓公十六年》：「（宣姜）生壽及朔。屬壽於左公子。夷姜縊。宣姜與公子朔構急子。公使諸齊，使盜待諸莘，將殺之。壽子告之，使行。不可，曰：『棄父之命，惡用子矣？有無父之國則可也。』及行，飲以酒。壽子載其旌以先，盜殺之。急子至，曰：『我之求也，此何罪？請殺我乎！』又殺之。」

你一定不知道

公公與媳婦發生不倫戀，叫「扒灰」或「爬灰」。為什麼呢？說法有幾種，包括：1.寺廟香火鼎盛，有時金紙沒有燃燒完全會留下一點錫箔，久而久之形成了塊狀。貪婪的和尚便扒出來變賣，本來是偷偷的「扒錫」，「錫」與「媳」同音，「偷錫」成了「偷媳」，一樣不可告人。2.跪在灰爐中爬過去，膝蓋一定會弄髒，「汙膝」與「汙媳」音近，所以嘲笑好色的公公與媳婦發生不倫叫「爬灰」。

Note

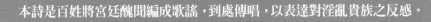

本詩是百姓將宮廷醜聞編成歌謠，到處傳唱，以表達對淫亂貴族之反感。

5-3 母子亂倫〈鄘風・牆有茨〉

〈鄘風・牆有茨〉記載了春秋時代衛宣公死後，他的愛妻宣姜與他的庶子亂倫結合，還生下五個孩子的宮廷醜聞。

一、品味原文

牆有茨，不可埽也。中冓之言，不可道也。所可道也，言之醜也。

牆有茨，不可襄也。中冓之言，不可詳也。所可詳也，言之長也。

牆有茨，不可束也。中冓之言，不可讀也。所可讀也，言之辱也。

【白話譯文】

宮牆外長滿了有刺的蔓藤，掃都掃不完；宮牆內的房間裡也發生了很多不堪入目的醜聞，因為太淫亂了，我不敢詳細說給你聽！這宮闈之中的骯髒事，如果真要說，還真是說來話長啊！

二、醜聞不斷的衛國宮廷

在前一單元〈邶風・二子乘舟〉中提到，衛宣公視太子伋為眼中釘，假借出使為由、安排刺客埋伏在莘野渡口要暗殺太子伋。沒想到衛宣公偏愛的公子壽竟與太子伋一同赴死，衛宣公也因此大受打擊而一命嗚呼。

宮廷裡的醜聞真是太淫亂了啊！

宣公死後，公子朔即位爲衛惠公，但國內政局十分不穩。公子壽與太子伋生前的黨羽發動政變，驅逐衛惠公，改立公子伋之弟黔牟爲衛國國君。衛惠公流亡到母親宣姜的娘家齊國向舅舅齊襄公討救兵，在齊軍助陣下攻回衛國，趕走黔牟，再次登上君位。

但衛國國內局勢依然動盪不穩，宣姜的弟弟齊襄公爲了拉攏衛惠公的另一位異母兄弟公子頑（衛昭伯）來穩定政局，竟想出一個餿主意，要宣姜改嫁給公子頑。「母親改嫁給兒子」聽來雖然荒唐，然風韻猶存的宣姜爲了鞏固兒子的政治地位，還是厚著臉皮改嫁給自己的「庶子」，並生下了三個兒子（齊子、衛戴公、衛文公）和二個女兒（一位嫁給宋桓公，被稱爲「宋桓夫人」、一位嫁給許穆公，被稱爲「許穆夫人」）。

📝 文學書房

宣姜改嫁庶子之史事
《左傳·閔公二年》：「初，惠公之即位也，少。齊人使昭伯烝於宣姜，不可，強之，生齊子、戴公、文公、宋桓夫人、許穆夫人。服虔云：『昭伯，衛宣公之長庶；伋之兄。宣姜，宣公夫人、惠公之母，是其事也。』」

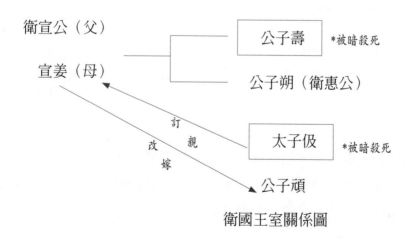

衛國王室關係圖

三、本詩意旨

宣姜曾是衛宣公的夫人，在名義上是公子頑的母親，兩人雖無血緣關係，然先嫁父（衛宣公）、後嫁子（公子頑）之行為明顯違背了當時的法理倫常，因此被視為「母子亂倫」的醜聞，國際間衛道人士必然爭相撻伐，故《詩序》曰：「〈牆有茨〉，衛人刺其上也。公子頑通乎君母。國人疾之，而不可道也。」鄭玄〈箋〉：「宣公卒，惠公幼，其庶兄頑烝於惠公之母，生子五人。」

「牆有茨」以蔓生不斷之蒺藜象徵衛國宮廷亂倫之事一樁接一樁，各國民眾則對這些醜聞雖不敢公開撻伐，卻是私底下議論紛紛、爭相走告，甚至還編寫成歌謠，四處傳唱，藉以傳達他們對上流貴族罔顧禮法、恬不知恥，一再做出下流醜事的不屑與反感。

四、改嫁兒子的歷史名女人

除了宣姜外，歷史上尚有其他奇女子，也是嫁入宮廷，又先後嫁給父子，一位是漢代王昭君、一位是唐代的武則天。

王昭君是漢元帝的宮女，雖然端莊秀麗，但因後宮佳麗人數眾多，她進宮十年都沒有被皇帝召見寵幸。漢元帝竟寧元年（西元前33年），匈奴呼韓邪單于向漢朝請求和親，昭君自願嫁給匈奴，受

✒ **文學書房**

王昭君之正史記載

《後漢書·南匈奴列傳》：「昭君字嬙，南郡人也。初，元帝時，以良家子選入掖庭。時呼韓邪來朝，帝敕以宮女五人賜之。昭君入宮數歲，不得見御，積悲怨，乃請掖庭令求行。呼韓邪臨辭大會，帝召五女以示之。昭君丰容靚飾，光明漢宮，顧景裴回，竦動左右。帝見大驚，意欲留之，而難於失信，遂與匈奴。生二子。及呼韓邪死，其前閼氏子代立，欲妻之，昭君上書求歸，成帝敕令從胡俗，遂復為後單于閼氏焉。」

到呼韓邪單于寵愛，封其「寧胡閼氏」。王昭君與
呼韓邪單于育有一子「伊屠智牙師」，長大後被封
為右日逐王。王昭君對於漢朝與匈奴之間的友好關
係作出了重要的貢獻，呼韓邪單于死後，王昭君希
望回到漢朝，但漢成帝基於外交和平之考量，要王
昭君「從胡俗」，再嫁給繼位的「復株累若鞮單
于」，他是呼韓邪單于的兒子，也算是王昭君無血
緣關係的庶子，王昭君再嫁後又生下了二個女兒。

　　武則天十四歲被選入宮，被唐太宗封為才人，
地位為唐太宗的妃妾，但此時武則天和太子李治便
已相識並互有愛慕之心。唐太宗駕崩後，後宮無子
嬪妃均被送到感業寺剃髮出家，太子李治則即位為
唐高宗。唐高宗在太宗週年忌日到感業寺進香之
時，與武氏舊情復燃並將她帶回宮中，武氏入宮後
生下兒子李弘，被封為二品昭儀，後來又處心積慮
當上皇后，並成為中國第一個女皇帝。

　　武則天政治能力雖強，然先後服侍太宗父子的
亂倫往事仍常常被視為道德瑕疵而加以撻伐，如駱
賓王〈為徐敬業討武曌檄〉：「陷吾君於聚麀」，
「麀」即公鹿。「聚麀」本指禽獸無倫常，故父子
共一牝，後比喻亂倫，這便是對於武則天私德的抨
擊。

　　王昭君和武則天均是先後嫁給父子，然後世
之文學作品中，很顯然對於王昭君的描寫是比較寬
容的，只著重在她的美麗容顏、進宮失寵、遠嫁異
邦等主題，對於正史記載她再嫁庶子的部分則無著
墨；筆者以為理由應是，王昭君的再嫁是為了維繫

文學書房

漢時匈奴君長的嫡妻
稱為「閼氏」。地位
有如漢人之皇后。

文學書房

武則天之正史記載
《唐會要‧卷三》：
「貞觀十年，文德皇
后崩。太宗聞武士彠
女有才貌，召入宮，
以為才人。時上在東
宮，因入侍，悅之。
太宗崩，隨嬪御之例
出家，為尼感業寺。
上（高宗）因忌日行
香，見之。武氏泣，
上亦潸然。」

文學書房

「聚麀」之出處
《禮記‧曲禮上》：
「夫惟禽獸無禮，故
父子聚麀。」

漢朝與匈奴之間的和平，而非爲了個人的私慾或貪念，因此後世之人對王昭君的人格與情操皆給予正面的肯定，也希望保留她完美的形象，因此便不會在再嫁之事上再多做文章。

五、現代也有兒子娶母親

現今社會雖然較古代風氣開放，然對於無血緣關係的兒子娶繼母之事仍存在著負面觀感，甚至不受法律保障，如臺北高等法院於2009年8月審理一樁民事案件，一位中國籍王姓婦人，先在中國和我國籍林姓老翁結婚，離婚後再和林翁之子結婚，王婦認爲這在中國合法，但臺北高等法院依據我國民法第983條「原具直系姻親關係者，不得結婚，否則婚姻無效」，認定王婦與林家兒子的婚姻無效，因此判王婦敗訴，駁回她來臺團聚申請案。但本案還可上訴。

Note

5-4 兄妹亂倫〈齊風・南山〉

一、品味原文

南山崔崔，雄狐綏綏。魯道有蕩，齊子由歸。
既曰歸止，曷又懷止！

葛屨五兩，冠綏雙止。魯道有蕩，齊子庸止。
既曰庸止，曷又從止！

蓻麻如之何？衡從其畝；取妻如之何？必告父
母。既曰告止，曷又鞠止！

析薪如之何？匪斧不克；取妻如之何？匪媒不
得。既曰得止，曷又極止！

【白話譯文】

高大的齊國南山下，有隻雄狐徘徊不離開；
由齊國到魯國的道路是這麼寬廣，文姜已經坐著花
轎，從這條路嫁到魯國去了。她既然已經嫁人了，
你又何必對她念念不忘呢！

草鞋穿一雙、帽纓戴一對，夫妻的兩人世界不
該有第三者介入。文姜既然已經嫁人了，你又何必
對她死纏不休呢！

人做事都要有章法，如同種麻前要先整地、砍
柴要先找斧頭；你既然已經稟報父母娶了自己的夫
人了，為什麼又要想盡方法拆散文姜和魯桓公呢？

二、兄妹亂倫的齊國宮廷

　　春秋時代的齊僖公有兩個貌美絕倫的女兒，長女宣姜與小女兒文姜。宣姜原本和衛宣公的兒子（太子伋）訂了親，後來卻被老而無恥的衛宣公給強占了，便是前述〈邶風‧新臺〉、〈邶風‧二子乘舟〉、〈鄘風‧牆有茨〉三首詩中的女主角。

　　文姜的容貌比姐姐更加美豔，卻令齊僖公十分頭疼。因爲文姜與自己的異母哥哥（太子諸兒）發生亂倫之愛，此事在當時鬧得沸沸揚揚、眾人皆知。

　　齊僖公爲了遏止這段畸戀，便急著替文姜找婆家，本來想將文姜嫁給鄭國太子姬忽，但因爲文姜兄妹亂倫之事早已傳遍各國，姬忽不願蹚渾水，便以「齊大非耦」（齊國國勢強大，鄭國是小國不敢高攀）爲由而推辭了。

　　齊僖公只好再轉而向魯桓公議親，魯國以禮樂立國，未積極發展軍事，因此在春秋各國中兵力弱小，此時魯桓公才剛繼位三年，雖然也聽說過文姜的醜事，但他想藉此聯姻機會得到齊國軍力作爲外援，雙方各有盤算，因此一拍即合，文姜便嫁到魯國，成爲魯桓公夫人。一轉眼過了十五年，文姜替魯桓公生下兩個兒子，太子諸兒在齊僖公過世後即位爲齊襄公，也立了自己的君夫人，原本兄妹亂倫的醜事早已該在時間與距離的隔離下逐漸沉寂；然而，這對親兄妹竟然對對方舊情難忘，一直想要製造重逢的機會。

文學書房

「齊大非耦」之出處
《左傳‧桓公六年》：「齊侯欲以文姜妻鄭大子忽。大子忽辭，人問其故。大子曰：『人各有耦。齊大、非吾耦也』。」

在本書第一章的〈周南・葛覃〉單元中，我們曾經談到，春秋時代各國諸侯間常以聯姻方式來鞏固外交，各國公主出嫁後，爲了防止洩露夫家國度的政治或軍事機密，天子和諸侯（國君、卿）的夫人除非被休棄，否則終生無法再返回父母之國。因此雖然齊襄公多次邀請，文姜也多次向魯桓公強力要求，都在魯國大臣的極力反對中被否決了。但兄妹兩人畸戀亂倫在先、藕斷絲連在後的行徑，還是招來了各種流言蜚語。

文學書房

古代貴族夫人歸寧之限制

何休《春秋公羊傳・莊公二十七年・疏》：「諸侯夫人尊重，既嫁，非有大故，不得反。」

三、本詩意旨

〈齊風・南山〉是齊國人創作傳唱以諷刺齊襄公，提醒他文姜既然已經遠嫁了，兩人各自有了婚姻家庭，就不應該再藕斷絲連、繼續糾纏而再起風波。故《詩序》曰：「〈南山〉，刺襄公也。鳥獸之行，淫乎其妹。」可見此詩便是民眾對此宮闈醜事的諷刺。並以「南山下的雄狐徘徊不去」比擬齊襄公在文姜遠嫁後仍念念不忘、死纏不休，費盡心機找尋機會，企圖再見到文姜的狡詐模樣。

四、文學作品中的「狐」形象

狐生於野外，因其毛皮可製作爲狐裘，常遭獵戶捕捉。然狐之行動敏捷、反應快，對環境常保持高度警覺，不易被獵人所設陷阱欺騙，這雖是生物求生之本能使然，但自獵人角度便會覺得狐性多疑、狡詐而附會負面形象。例如《戰國策》中的「狐假虎威」，那隻狐便因狡猾且能言善道故能騙過老虎。

文學書房

「狐假虎威」出處《戰國策・楚策》：「虎求百獸而食之，得狐。狐曰：『子無敢食我也。天帝使我長百獸，今子食我，是逆天帝命也。子以我爲不信，吾爲子先行，子隨我後，觀百獸之見我而敢不走乎？』虎以爲然，故遂與之行。獸見之皆走。虎不知獸畏己而走也，以爲畏狐也。」

〈齊風‧南山〉以徘徊在南山道上、伺機求
偶的雄狐來諷刺齊襄公伺機而動的狡詐，而且如禽
獸般有亂倫之行。後世的文學家便以「雄狐」借指
爲「好色亂倫之徒」的代稱。唐代楊貴妃專寵，堂
兄楊國忠也因裙帶關係平步青雲位居丞相，然楊國
忠與楊貴妃堂姐虢國夫人亦有亂倫之行。故《舊唐
書‧后妃傳‧玄宗楊貴妃》：「國忠私於虢國而不
避雄狐之刺，每入朝或聯鑣方駕，不施帷幔。」文
中便以「雄狐」暗喻楊國忠與虢國夫人近親亂倫。

漢代之後的文學作品中，狐狸則開始被塑造
成修練之後就能變成絕色美女以誘惑男人的妖精形
象，如晉朝郭璞《玄中記》：「狐五十歲，能變化
爲婦人，百歲爲美女，……善蠱魅，使人迷惑失
智。」《搜神記》：「狐始來時，于屋曲角雞棲
間，作好婦形，自稱阿紫。」明代小說《封神榜》
中妖后妲己也是由九尾狐狸精所幻化以迷惑紂王。
是以現在「狐狸精」已成爲狐媚、不正經之女子的
代稱，含有貶義成分。

狐狸精的妖媚形象

本詩記載了魯桓公遭暗殺而魂斷異鄉的不幸遭遇。

5-5 謀殺妹夫〈齊風·敝笱〉

春秋時代齊襄公與妹妹文姜婚前亂倫、婚後又藕斷絲連，齊襄公更不惜謀殺妹夫魯桓公，以便與文姜再續前緣，此舉在國際間掀起軒然大波。

一、品味原文

敝笱在梁，其魚魴鰥。齊子歸止，其從如雲。
敝笱在梁，其魚魴鱮。齊子歸止，其從如雨。
敝笱在梁，其魚唯唯。齊子歸止，其從如水。

【白話譯文】

石梁上那個破掉的魚籠根本就攔不住大魚；懦弱的魯桓公也管不住來自齊國的文姜。且看文姜出嫁時陪嫁的盛大隊伍，就知道齊國的國力有多強盛了。

二、逞獸慾、殺妹夫的宮廷醜聞

前一單元〈齊風·南山〉中提到齊襄公與文姜兄妹亂倫，且文姜遠嫁魯國十五年內仍對她念念不忘，一再邀請魯桓公夫妻至齊國拜訪，然此舉違背國君夫人歸寧之禮法，因此一直遭到魯國大臣反對。

然而，由於魯弱齊強、兩國國力懸殊，魯桓公相當依賴齊國的軍援，因此也頗為懼內，文姜多次軟硬兼施要求魯桓公帶她回齊國探親，令魯桓公難以招架。終於在魯桓公十八年時，魯桓公不顧大

詩經學堂

1. 敝笱：一種竹編的捕魚器具。
2. 梁：砌石塊以阻隔水流。
3. 魴、鰥、鱮：皆為體型較大之魚。
4. 齊子歸止：齊國的文姜嫁給魯桓公。
5. 如雲、如雨、如水：皆為人數眾多之貌。
6. 唯唯：自由出入之貌。

臣申繻極力勸阻，決定要帶文姜回到齊國作親善訪問。齊襄公大喜過望，親自到邊境迎接妹妹。文姜雖已是兩個兒子的母親，但風韻猶存，兩人重逢後天雷勾動地火，齊襄公立刻邀文姜回宮「敘舊」，卻將魯桓公冷落在驛館裡獨對孤燈。待文姜終於滿面春風地回到驛館時，魯桓公怒火中燒與文姜起了爭執，並堅持要即刻回魯國。

文姜向齊襄公哭訴此事，齊襄公自知理屈，既擔心魯桓公追究、又捨不得文姜離開，於是心生毒計，在牛山設筵，藉口要為魯桓公夫婦餞行。魯桓公不願讓文姜兄妹再見面，於是自行赴宴而墮入陷阱。齊襄公在宴席上將魯桓公灌醉後，特地派公子彭生護送魯桓公坐車回驛館，但卻暗中吩咐彭生在途中趁機殺死魯桓公，然後對外宣稱「魯桓公酒後暴斃」，並通知魯國派人前來處理後事！

魯國宗室及大臣雖然懷疑桓公死因，但魯弱齊強、又無證據，萬般無奈下只好先擁立世子姬同繼位為魯莊公，並派人到齊國接回桓公遺體。之後，齊襄公又推出彭生當了代罪羔羊：「公子彭生護送魯侯出城，車中護持不當，以致魯侯喪命。」並迅速將公子彭生處死以安撫魯國，魯國人只得不再追究。

魯桓公的遺體雖被送回魯國，但文姜卻從此不再返回魯國宮廷，而是滯留於齊魯國境之間，在祝丘之地建築宮殿長居，以便繼續與齊襄公歡會，其行徑公開大膽，毫不遮掩姦情。

〈齊風‧敝笱〉便是以破掉的魚籠來譏諷懦

✒ 文學書房

魯桓公被殺之歷史記載

《左傳‧桓公十八年》：「春，公將有行，遂與姜氏如齊。申繻曰：『女有家。男有室。無相瀆也。謂之有禮。易此必敗。』公會齊侯于濼，遂及文姜如齊，齊侯通焉。公謫之，以告。夏，四月，丙子，享公。使公子彭生乘公。公薨于車。魯人告于齊曰：『寡君畏君之威，不敢寧居，來脩舊好，禮成而不反。無所歸咎，惡於諸侯，請以彭生除之。』齊人殺彭生。」

弱懦內的魯桓公，因為齊大魯小，因此無法管束文姜，也不敢拒絕齊襄公的死亡邀約，最後終於命喪異鄉。

三、延伸閱讀

《詩經》尚有一篇〈齊風·載驅〉，內容便是描述魯桓公死後，文姜招搖過市坐著馬車去與齊襄公幽會，毫無廉恥的醜行：

載驅薄薄，簟茀朱鞹；魯道有蕩，齊子發夕。
四驪濟濟，垂轡濔濔；魯道有蕩，齊子豈弟。
汶水湯湯，行人彭彭；魯道有蕩，齊子翱翔。
汶水滔滔，行人儦儦；魯道有蕩，齊子遊敖。

【白話譯文】

文姜坐著華麗的馬車，黃昏時就出發，要從魯國邊界的大路趕往齊國京城。華麗的車子、雄壯的大馬，文姜她才剛喪夫，為何表情卻是如此歡喜！馬車經過汶水時，好多民眾都來圍觀，文姜的馬車通過了魯國邊界的大路，文姜真是自由又逍遙，沒人管得住她呀！

四、尾聲：壞竹出好筍之魯莊公

文姜是一個不合格的妻子與母親，她為了滿足自己的情慾，放任哥哥（情夫）殺害自己的丈夫；魯桓公死後，文姜又為了情慾而滯留在齊、魯邊界，終身未回魯國宮廷，其實就是為了情夫拋棄兒子。魯桓公和文姜所生的長子姬同在十四歲時一

魯桓公因管不住妻子而魂斷異鄉，真是太冤了！

【詩經學堂】

1. 薄薄：馬車疾行之聲。
2. 簟茀朱鞹：華麗的馬車。
3. 發夕：黃昏時出發。
4. 垂轡「濔濔」：壯盛之貌。
5. 豈弟：歡喜。
6. 彭彭、儦儦：皆為人數眾多之貌。
7. 翱翔、遊敖：逍遙自由之貌。

夕間成了一國之君（魯莊公），卻也同時失去了父母。命運雖然跟魯莊公開了一個殘忍的大玩笑，但是在魯國大臣的照料下，魯莊公還是成為一個文武雙全、英姿煥發、人見人愛的好青年，齊國人雖厭惡文姜，然而卻十分同情並欣賞魯莊公，因此作了〈齊風·猗嗟〉，由外表俊美、儀態大方、神采飛揚、箭法高超四方面來讚美魯莊公：

　　猗嗟昌兮！頎而長兮。抑若揚兮，美目揚兮。巧趨蹌兮，射則臧兮。

　　猗嗟名兮！美目清兮。儀既成兮，終日射侯，不出正兮。展我甥兮。

　　猗嗟孌兮！清揚婉兮。舞則選兮，射則貫兮。四矢反兮，以禦亂兮。

【白話譯文】

　　魯莊公是如此俊美高大、神采飛揚，眼睛清亮，步履輕盈敏捷，箭術高超。魯莊公是如此俊美，他在正式比賽前向對手優雅行禮，每一箭都命中箭靶的紅心。他是我們齊國國君（齊襄公）的外甥。魯莊公是如此俊美而神采飛揚，他跳戰舞時能合於音節、射箭時都命中靶心。四支箭都射在紅心上，箭法如此高強，戰爭時一定能率領軍隊弭平戰亂。

本詩揭露了陳靈公君臣的荒淫行徑及美魔女夏姬傳奇的一生。

5-6 子殺姦夫〈陳風・株林〉

春秋時代的社交名媛夏姬美豔動人，各國權貴都拜倒在她的石榴裙下，甚至有好幾個男人因她而死，可謂是真正的「魔性之女」。

一、品味原文

胡爲乎株林？從夏南。匪適株林，從夏南。

駕我乘馬，說于株野。乘我乘駒，朝食于株。

【白話譯文】

「陳靈公啊，你爲什麼急著要到株邑的郊外去呢？」「我不是要去株邑的郊外，我只是想去找夏南討論國家大事！」

「駕著我四匹馬的座車，今天晚上在株邑郊外過夜；等明天吃過早餐，再駕著馬車回來。」

二、妖豔風流的夏姬

夏姬是春秋時代著名的奇女子，她驚人的美貌與周旋於男人間的手段，能令前面提過的齊國姐妹花宣姜與文姜都相形失色。

夏姬是鄭穆公之女，從小就豔名遠播，未出嫁時跟異母哥哥子蠻有亂倫私情；後來嫁給陳國大夫夏御叔爲妻，生下一子夏徵舒（夏南）。夏御叔死後，夏姬搬出夏家在株邑的官邸，在郊外建了一棟別墅自居，並與兩位陳國大夫孔寧、儀行父分別發生風流韻事。孔寧還向陳靈公推薦夏姬的美貌和

各國權貴都拜倒在夏姬的裙下哦！

房中術，陳靈公是個荒淫昏君，羨慕之餘也立刻成為夏姬的入幕之賓。君臣三人還在早朝時公開拿出夏姬送的肚兜炫耀，絲毫無羞恥之心，大夫洩冶看不下去出言勸諫，陳靈公反而殺了洩冶。故《列女傳·孽嬖篇》：「陳女夏姬者，陳大夫夏徵舒之母，御叔之妻也，其狀美好無匹，內挾伎術，蓋老而復壯者……公侯爭之，莫不迷惑失意。」「內挾伎術」是指夏姬精通房中術，能令男人欲仙欲死；再加上擅於保養、豐姿豔態，因此即使已經是個中年婦人了，仍然非常具有誘惑力。

夏徵舒十八歲時繼承了父親的官爵，但也通曉人事，以母親的行為為恥，只是因為母親的姦夫是自己的國君和同僚，只好吞忍不發。但是三個姘夫言行卻越來越不知收斂，有一次三人到夏家宴飲，居然就當著夏徵舒面前開起玩笑，「孔寧啊！夏徵舒其實長得很像你耶！其實他是你兒子吧！」「國君啊！其實夏徵舒跟你長得才像呢！你應該才是他的親生父親吧！」

夏徵舒平日就對這些姦夫自由來去他家、與母親公然狹暱淫亂的行徑不滿；加上年輕氣盛而怒不可抑，隨手便拿起兵器追殺三個姦夫，孔寧、儀行父跑得快，從狗洞溜走了；陳靈公酒喝多了，連滾帶爬逃到馬廄中，還是被夏徵舒追上殺了。

夏徵舒雖然殺了姦夫解恨，但孔寧、儀行父逃到楚國搬救兵，楚莊王以「維護國際正義」為由，派兵到陳國殺了「弒君」的夏徵舒，並將「禍水」夏姬捉拿到楚國審問。然楚莊王一見到夏姬便怦然

文學書房

陳靈公殺洩冶之正史記載

《左傳·宣公九年》：「陳靈公與孔寧、儀行父通於夏姬，皆衷其衵服以戲於朝。洩冶諫曰：『公卿宣淫，民無效焉，且聞不令；君其納之。』公曰：『吾能改矣。』公告二子，二子請殺之。公弗禁，遂殺洩冶。」

文學書房

夏徵舒弒殺陳靈公之正史記載

《史記·陳杞世家》：「十五年，靈公與二子飲於夏氏。公戲二子曰：『徵舒似汝。』二子曰：『亦似公。』徵舒怒。靈公罷酒出，徵舒伏弩廄門射殺靈公。孔寧、儀行父皆奔楚，靈公太子午奔晉。徵舒自立為陳侯。徵舒，故陳大夫也。夏姬，御叔之妻，舒之母也。」

心動，想把夏姬納爲後宮妃妾；但大夫子反（楚莊王的弟弟）也想要娶夏姬，兩人相執不下；大夫巫臣便進諫說：「一國賢君應該要好德不好色，且夏姬是個不祥之女，會害死她身邊所有的男人。」巫臣一席話說得義正詞嚴，「不祥之說」也令楚莊王和子反聽得背脊發涼，於是楚莊王便把夏姬賞給一個年邁的臣子連尹襄老，一年後連尹襄老戰死，夏姬又不甘寂寞，連尹襄老的屍體都還沒有從戰場運回家，就跟繼子黑要私通。之後，楚國大夫巫臣竟大膽向夏姬求婚，兩人便拋下事業家庭私奔到晉國；此時楚莊王才知道當年巫臣那篇大義凜然的勸諫之言原來暗藏私心，一氣之下便把巫臣留在楚國的家人全抄家滅族了。此時夏姬已經年過半百，居然還能夠讓巫臣心甘情願放下功名富貴與她私奔，可見夏姬的魅力眞是前無古人、後無來者，讓男人都不顧一切而拜倒在她的石榴裙下。看在其他的「良家婦女」眼中，夏姬的美麗眞是一種罪惡啊！故《左傳·昭公二十八年》：「（叔向之母）曰：子靈之妻，殺三夫、一君、一子，而亡一國兩卿矣。可無懲乎？吾聞之，甚美必有甚惡。」

　　而巫臣逃到晉國後，因足智多謀而被封爲大夫，他爲了要報全家被誅殺之仇，於是建議晉國聯合吳國一起夾擊楚國。巫臣還親自到當時剛剛崛起的吳國教吳國人如何駕駛戰車，這也造成之後楚國衰落、吳國崛起的契機。春秋中晚期的烽煙戰端，有不少都是因夏姬而起，當時西方也有一位引發特洛伊戰爭的絕世美女海倫，但與夏姬創下的傳奇

紀錄相較，便大為遜色了。夏姬真可謂是前無古人、後無來者，能迷倒眾生、顛倒乾坤的「魔性之女」。

三、本詩意旨

〈陳風‧株林〉是陳國人編寫傳唱以諷刺陳靈公的詩篇，嘲笑他坐著馬車，心急如焚要趕到株林，明明就是要去找夏姬幽會，卻編出了一個冠冕堂皇的理由，說是要去找夏南（夏徵舒）「討論國家大事」，此舉真是欲蓋彌彰，更顯現出他的昏庸荒淫；故《詩序》曰：「〈株林〉，刺靈公也。淫乎夏姬，驅馳而往，朝夕不休息焉。」

四、時事看板——「旅館內的選民服務」

今日臺灣政壇上，亦有某些官員或民意代表，當其在旅館等場合被拍攝到有疑似行為不檢、出軌不倫行徑時，也常會以「選民服務」或「在隱密的場所討論國家大事」為由回應，如2014年5月19日上班時間，雲林縣某位已婚的邱姓鄉長帶著情婦到臺中市的汽車旅館開房間；卻不知情婦的老公已安排跟蹤計畫又找來警方抓姦，兩人被逮個正著，並帶回派出所偵訊。事後邱姓鄉長喊冤，強調只是到汽車旅館幫婦人處理家暴案，是在做選民服務而不是偷情。此舉與春秋時代的陳靈公之言行相比，可謂今古呼應，令人莞爾。

文學書房

引發特洛伊戰爭的絕世美女海倫

海倫貌美絕倫，《荷馬史詩》：「戰爭維持十年之久，英雄都感疲憊，此時海倫出來勞軍，眾英雄目瞪口呆後，大呼：『就是為了她，這個漂亮絕倫的女人，特洛伊人與阿開奧斯人干戈相向，忍受磨難而毫無怨言，她就像永生女神，我們願意為了她再打十年。』」

本詩記載了殘酷的驪姬之禍，並傳達百姓希望晉獻公勿聽讒言的心聲。

5-7 晉國驪姬之禍〈唐風・采苓〉

春秋時代的晉獻公寵愛少妻驪姬，聽信枕邊讒言，引發宮闈鬥爭，造成晉國長達二十年的動盪。

一、品味原文

采苓采苓，首陽之巔。人之爲言，苟亦無信。
舍旃舍旃，苟亦無然。人之爲言，胡得焉！

采苦采苦，首陽之下。人之爲言，苟亦無與。
舍旃舍旃，苟亦無然。人之爲言，胡得焉！

采葑采葑，首陽之東。人之爲言，苟亦無從。
舍旃舍旃，苟亦無然。人之爲言，胡得焉！

【白話譯文】

到處都有甘草、苦菜和蕪菁，何必一定要登上首陽山摘採？國君有很多方式可以採納忠言，只要心懷中正之道，就能夠分辨忠佞善惡。國君啊！不要聽信驪姬的讒言啊！她的話都是狠毒的造謠。只要你不相信驪姬的讒言，她就無法傷害幾位公子！

二、昏庸好色的晉獻公與工於心計的驪姬

春秋時代，晉國是個超級強國，驪戎則是晉國附近一個出產美女的蠻夷部落。年逾花甲的晉國國君晉獻公爲求美女而派兵攻打驪戎，驪戎酋長只好將一對姐妹花驪姬、少姬獻給晉獻公求和。姐妹倆因姿色美豔而成爲晉獻公的寵妾，不久後驪姬生下

詩經學堂

1. 苓：甘草。
2. 首陽：首陽山，在晉國境內。
3. 人之爲言：驪姬的謊話。「爲言」：僞言、讒言。
4. 「苟」亦無信：誠、眞的。
5. 舍旃：「旃」，「之焉」的合音。「舍旃」即「捨之焉」；放棄（不相信）讒言之意。
6. 苟亦「無然」：勿信以爲眞。
7. 胡得焉：何所得，指無法發生作用。
8. 采「苦」：苦菜。
9. 葑：蕪菁。

文學書房

晉獻公特別喜愛蠻夷部落的美女，重耳與夷吾的母親都是晉獻公發動戰爭，由晉國附近的大戎、小戎部落擄來的美女。見《左傳・莊公二十八年》：「又娶二女於戎，大戎狐姬生重耳，小戎子生夷吾。」

一子奚齊，少姬則生下卓子；驪姬因嬌媚能言，更受晉獻公寵愛。但驪姬不甘自己只是寵妃，更希望兒子奚齊能被封為太子，自己便能母憑子貴成為國君夫人，因此便在枕席之間不斷地向晉獻公進言要求。

　　然而當時晉獻公已經有三個成年的兒子：太子申生（齊姜所生）、公子重耳（大戎狐姬所生）、公子夷吾（小戎子所生）。太子申生謹慎仁孝，在朝廷中頗得人望，因此晉獻公雖然寵愛驪姬，也不敢貿然廢申生、改立幼子奚齊。驪姬的心願落空，因此視申生為眼中釘，工於心計的她便設下重重計謀要置申生於死地。首先，她買通晉獻公的寵臣梁五與東關嬖五，讓他們建議晉獻公派申生、重耳、夷吾去前線戰地監軍防守。這個計謀有兩層涵義：其一，所謂見面三分情，將三位公子調到前線，父子感情必然日益疏遠；奚齊則每日承歡膝下，可強化晉獻公改立幼子的心意。其二，前線戰事不斷，三個眼中釘很可能在某場戰役中喪生。驪姬為了擾亂申生的心意，還在出征前以晉獻公的名義送了「玦」給申生表示斷絕父子關係。在古代，若想跟某人絕交又不好意思說時，就送「玦」給對方，「玦」是一種玉飾，呈圓環形而有缺口。因為「玦」與「決」同音，故絕交時以玦表示決斷、決裂的心意。沒想到申生居然連續在前線立了好幾次戰功，在晉國的聲望更高了。

　　不久後，申生祭祀亡母齊姜，依照祭禮，要將祭祀的酒肉分贈親友，申生當然也送了一份到宮

文學書房

驪姬的連環毒計1
《左傳‧莊公二十八年》：「驪姬嬖，欲立其子，賂外嬖梁五與東關嬖五，使言於公曰：『曲沃，君之宗也；蒲與二屈，君之疆也；不可以無主。宗邑無主，則民不威；疆場無主，則啟戎心；戎之生心，民慢其政，國之患也。若使大子主曲沃，而重耳、夷吾主蒲與屈，則可以威民而懼戎，且旌君伐。』……晉侯說之。夏，使大子居曲沃，重耳居蒲城，夷吾居屈。」

文學書房

玦者，絕交也。
《荀子‧大略》：「聘人以珪，問士以璧，召人以瑗，絕人以玦，反絕以環。」

內。當時晉獻公恰巧去打獵，驪姬便趁機在酒肉內下毒，等晉獻公要吃之前，假意要先讓狗和小太監試吃，狗和小太監吃下食物後都七孔流血而死，驪姬再誣指是申生在酒肉中下毒要毒死晉獻公。晉獻公果然中計，派兵去追拿申生。重耳和申生的老師杜原款知道申生是被陷害的，因此勸申生先逃跑，等過一陣子再去向晉獻公解釋原委，但申生不聽，反而選擇自刎以明志，希望以死證明自己的清白。然而此舉卻被驪姬逮到機會，大肆宣傳申生是畏罪自殺，而且連重耳、夷吾都是共犯。晉獻公年老昏庸，於是又派軍馬前去逮捕兩位公子要回京城審問，重耳、夷吾知道驪姬心腸狠毒，不敢回京，於是帶著一些親信隨從連夜逃出晉國。當然，驪姬一定又放話兩位公子是「畏罪潛逃」，晉獻公再次中計、暴跳如雷，覺得兒子都是叛徒，只有身邊的奚齊最可愛懂事，於是改封奚齊為太子，終於稱了驪姬的心意。

　　西元前651年晉獻公病死，十四歲的奚齊成為國君，但許多人對驪姬母子不滿，許多王室宗親也覬覦國君之位；奚齊即位不到一年就被大臣里克所殺，晉國陷入內亂，國力也因此開始衰微。直到十九年後，逃亡在外的重耳在姐夫秦穆公的兵援下回到晉國取回政權，即位為晉文公，才又帶領晉國重返霸主地位。

✒ 文學書房

驪姬的連環毒計2

《呂氏春秋‧上德》：「麗（驪）姬謂太子曰：『往昔君夢見姜氏。』太子祠而膳於公，麗姬易之。公將嘗膳，姬曰：『所由遠，請使人嘗之。』嘗人人死，食狗狗死，故誅太子。太子不肯自釋，曰：『君非麗姬，居不安，食不甘。』遂以劍死。公子夷吾自屈奔梁。公子重耳自蒲奔翟。」

三、本詩意旨

　　晉國之內亂起源於晉獻公聽信驪姬讒言，殺死太子申生、逼走公子重耳與夷吾，因此百姓創作〈唐風·采苓〉以諷刺晉獻公之昏庸，故《詩序》曰：「〈采苓〉，刺晉獻公也。獻公好聽讒焉。」但其時晉獻公仍在位，故百姓以隱喻方式諷刺，以免因言惹禍。

　　本詩之始，先以到處都有野菜，何必特地登上首陽山去摘採，暗喻只要晉獻公願意聽取忠言，身邊其實還有很多忠臣，一定有人願意告訴他申生、重耳與夷吾都是被冤枉的；然而晉獻公專寵驪姬，被奸妃與佞臣之讒言所矇蔽，不僅逼死了賢能的太子申生，也迫使重耳和夷吾流亡國外，實在非常不智。作者接著一再重複「人之為言，苟亦無信」，想要提醒晉獻公千萬不可聽信驪姬造謠離間的讒言，只可惜晉獻公只愛少妻幼子，身邊亦無人敢冒死進諫，因此一次次做出錯誤的判斷與決策；導致身死之後幼子登基、無以服眾，進而導致晉國將近二十年的內亂，影響國力甚鉅，故此詩雖是諫諷晉獻公，然後世廢長立幼、引來爭端之執政者，均應以此詩為諫。

 你一定不知道

玉器的種類

《荀子·大略》：「聘人以珪，問士以璧，召人以瑗，絕人以玦，反絕以環。」

《爾雅》：「肉倍好（中空之處），謂之璧；好倍肉，謂之瑗；肉好若一，謂之環」。根據玉器的邊沿與玉器的中孔的大小，分別稱之為璧、環、瑗。孔最大的叫「瑗」，其次叫「環」，孔最小的叫「璧」。

5-8 活人殉葬〈秦風・黃鳥〉

本詩記載秦穆公以三良殉葬的歷史事件，並對三良之死表達深切的惋惜。

一、品味原文

　　交交黃鳥，止于棘。誰從穆公，子車奄息。維此奄息，百夫之特。臨其穴，惴惴其慄。彼蒼者天，殲我良人。如可贖兮，人百其身。

　　交交黃鳥，止于桑。誰從穆公，子車仲行。維此仲行，百夫之防。臨其穴，惴惴其慄。彼蒼者天，殲我良人。如可贖兮，人百其身。

　　交交黃鳥，止于楚。誰從穆公，子車鍼虎。維此鍼虎，百夫之禦。臨其穴，惴惴其慄。彼蒼者天，殲我良人。如可贖兮，人百其身。

【白話譯文】

　　黃鳥哀鳴著棲息在多刺的樹木上！子車奄息、子車仲行、子車鍼虎三位賢臣，也跟隨死去的秦穆公一同殉葬。子車奄息、子車仲行、子車鍼虎都是一夫當關、百夫莫敵的勇將啊！

　　至今我們百姓靠近秦穆公的墓穴時，都感到非常恐懼。蒼天啊！殉葬制度害死了這麼優秀的人才；如果可以代替三良而死，我們願意用一百個平民的生命做交換！

詩經學堂

1. 交交：鳥鳴聲。
2. 棘、楚：皆多刺之樹木名。
3. 百夫之「特」：抵擋。
4. 惴惴其慄：害怕恐懼。
5. 子車奄息、子車仲行、子車鍼虎：秦國的三位賢臣，合稱「三良」。

老天無眼，三位賢臣竟然被殉葬了！

二、穿越千年時空談「殉葬」

　　殉葬又稱「陪葬」，是基於「事死如事生」之觀念，認為死後的世界仍和生前相同，是以死者臨死前會交代要將生前所喜愛的器具、牲畜甚至活人陪同死者棺木一起葬入墓穴，使死者在陰間仍能繼續享福的一種習俗，其中最殘忍的便是以活人陪葬，又稱「人殉」或「生殉」。

　　「人殉」之風俗目前可追溯至商朝，在安陽殷墟武官村大墓出土一百五十二具殉葬人骨，都是墓主生前的戰俘和奴隸。以人活殉的習俗直到春秋時代才開始被反省檢討，如《墨子‧節喪》由浪費人力資源的觀點切入：「天子殺殉，眾者數百，寡者數十；將軍、大夫殺殉，眾者數十，寡者數人。」也有人從「不忍」、「非禮」的角度來擯棄「人殉」之陋習，例如陳乾昔臨死前囑咐要用兩個婢女與他同棺殉葬，但他的兒子後來並沒有遵行遺言。《左傳‧宣公十五年》也記載魏武子臨死前交代要讓一個愛妾活殉，但是他的兒子魏顆不但沒有遵照遺言，反而還作主讓這個年輕的愛妾改嫁了，這都是風氣逐漸改變的實證。而之後魏顆在一次戰役中原本趨於下風，卻忽然出現一位神祕老人將地上雜草綁成環套、絆倒了敵軍大將，魏顆才能轉敗為勝；這位老人自稱是愛妾之父，前來報答救女之恩。可見春秋時代，這種違背父命的行為不但不是忤逆不孝，反而被視為善舉懿行，可得到善報。

文學書房

春秋時代已有對殉葬風氣之反動記載：

1. 《禮記‧檀弓下》：「陳乾昔寢疾，屬其兄弟而命其子尊己曰：『如我死，則必大為我棺，使吾二婢子夾我。』陳乾昔死，其子曰：『以殉葬，非禮也，況又同棺乎！』弗果殺。」

2. 《左傳‧宣公十五年》：「初，魏武子有嬖妾，無子。武子疾，命顆曰：『必嫁是。』疾病，則曰：『必以為殉！』及卒，顆嫁之，曰：『疾病則亂，吾從其治也。』及輔氏之役，顆見老人結草以亢杜回。杜回躓而顛，故獲之。夜夢之曰：『余，而所嫁婦人之父也。爾用先人之治命，余是以報。』」

戰國時代由於需要將人力都投入富國強兵，因此無法再用大量活人生殉，便改用陶土燒製成人、馬之形以陪墓主下葬，稱之「俑」，最著名的便是秦始皇陵墓的兵馬俑，每一尊都是真人等身大小，面貌各異且栩栩如生。之後各朝代改以陶、石、木、銅製俑陪葬，但凡墓主生前寵愛的僕從都被製成俑，以便到陰間繼續服侍主人，但「俑」的體積則漸漸縮小、具體而微。

曾侯乙墓殉葬物

戰國時代曾國諸侯曾侯乙之墓穴中，出土青銅禮器、樂器、兵器、金器、玉器、車馬器、漆木竹器以及竹簡文物共一萬五千四百零四件，曾侯乙的主棺東邊還有八具陪葬棺，棺內皆是未生育的年輕女性骸骨，或許是曾侯乙生前的愛妾。西邊門洞旁有一具殉狗棺，棺內有一副狗骨，應是曾侯乙生前的愛犬。

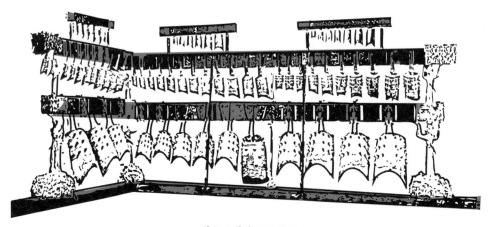

曾侯乙墓出土之編鐘

漢代到宋代已無生殉之風，直到邊疆民族入主中原，「人殉」才又死灰復燃，如宋代徐夢莘《三朝北盟會編》記載金代女真貴族下葬時，「死者埋之而無棺槨，貴者生焚所寵奴婢、所乘鞍馬以殉之」，是將生前喜愛之奴婢、犬馬活活燒死殉葬。《馬可波羅遊記》記載成吉思汗的孫子蒙兀死時，「送葬之途次，遇人盡殺之，其數在二萬人以上。」

明代初年繼承了元代的「人殉」之俗，明人毛奇齡《彤史拾遺記》記載：「太祖以四十六妃陪葬孝陵，其中所殉，惟宮人十數人。」建文帝還追封生殉宮女為「朝天女」，並對其家屬進行了表彰和封賞，「進為本所千、百戶，其官皆世襲。以諸人皆西宮殉葬宮人父兄，世所稱『朝天女戶』者也。」明太祖後各皇帝也都繼承活殉習俗，直到明英宗去世前，才下令廢除活人殉葬，《稗事彙編》記載明英宗臨終時下詔：「用人殉葬，吾不忍也。此事宜自我止，後世勿復為。」故《明史·英宗後紀》讚許他「罷宮妃殉葬，則盛德之事可法後世者矣。」但清朝初年仍偶見活殉之事，如《清史稿·后妃列傳一》記載：「貞妃，棟鄂氏，一等阿達哈哈番巴度女。殉世祖。聖祖追封為皇考貞妃。」直到康熙十二年（1673年）明令「禁奴僕殉主」，才澈底廢除活人殉葬之習。

三、〈秦風·黃鳥〉之歷史背景

秦國直到春秋時代都還有「人殉」的習俗，

> **！你一定不知道**
>
> 明代「生殉」史實
>
> 朝鮮《李朝世宗實錄》中記載了永樂二十二年(1424年)明成祖死後逼宮女上吊生殉的悲慘情景：「帝崩，宮人殉葬者三十餘人。當死之日，皆餉（接見表揚）之於庭，餉輟，俱引昇堂，哭聲震殿閣。堂上置木小床，使立其上，掛繩圍於其上，以頭納其中，遂去其床，皆雉頸而死。」

《史記·秦本紀》記載：「武公卒，葬雍平陽。初以人從。死，從死者六十六人。」目前考古學家已在雍城陵區發現十三座秦國國君陵寢、芷陽陵區亦有四座國君陵寢，皆廣泛使用人殉，殉葬物品豐富，規模宏大。其中秦公一號大墓（即秦景公墓地）殉葬一百八十六人爲中國有史以來發掘墳墓中殉葬人數最多的一座。

秦穆公爲春秋五霸之一，因知人善任、求才若渴，並延攬百里奚、蹇叔、由余爲謀臣而快速崛起稱霸。秦國大夫「子車氏」的三個兒子也都是以一當百的賢臣勇將，替秦穆公打下江山，被尊稱爲「三良」。然而秦穆公將死之時，卻設下酒宴，要求朝中大臣「生共此樂，死共此哀」，三良及其他臣子百餘人便因此而葬身在秦穆公的墓穴之中了。故《史記·秦本紀》記載：「繆公卒，葬雍；從死者百七十七人，秦之良臣子輿氏三人，名曰奄息、仲行、鍼虎，亦在從死之中。秦人哀之，爲作歌〈黃鳥〉之詩。」

至於秦穆公爲何指名這些賢臣陪他殉葬，筆者以爲理由可能有二；其一，秦穆公想到陰間繼續建立霸業，因此他必須帶上一批得力的左右手前往九泉之下打江山。其二，秦穆公擔心太子贏罃（秦康公）能力不足、無法駕御眾大臣，是以先以殉葬爲由翦除一批重臣，以免日後有權臣謀篡之事。歷史上對此事稱爲「秦穆殺三良」，對三良的早逝予以痛失英才的悲嘆，並對秦穆公加以譴責，如《左傳·文公六年》：「秦伯任好卒，以子車氏之三子

你一定不知道

春秋時期出現五霸爭雄，包括秦穆公、齊桓公、宋襄公、晉文公、楚莊王。秦穆公以重視人才聞名，其中最膾炙人口的是他與大臣百里奚的故事。百里奚本是虞國人，亡國後被楚人抓走，秦穆公聽說百里奚很有才能，便用了五張黑羊皮贖回，所以百里奚也叫「五羖大夫」。

秦穆公花了五張黑羊皮，把我贖了回去。

奄息、仲行、鍼虎爲殉，皆秦之良也。國人哀之，
爲之賦〈黃鳥〉。君子曰：『秦穆之不爲盟主也！
宜哉。』」便說明〈秦風・黃鳥〉是秦國百姓創作
用以哀悼三良的詩歌；又分析因爲秦穆公殉殺了大
批賢臣，以至於秦康公即位後，本身既缺乏其父之
政治才能，朝中又無良將賢才可以輔佐，因此國力
迅速衰退，直至春秋末年都再也無法東進稱霸。

　　而「秦穆殺三良」也成爲暗諷國君濫殺賢臣
之代稱，如王粲〈詠史詩〉：「自古無殉死，達人
共所知。秦穆殺三良，惜哉空爾爲。」阮瑀〈詠
史〉：「誤哉秦穆公，身沒從三良。」均是藉「秦
穆殺三良」以古諷今。曹植〈三良詩〉：「黃鳥爲
悲鳴，哀哉傷肺肝。」謝靈運〈相逢行〉：「九
族悲素霰，三良怨黃鳥。」雖未明言「秦穆殺三
良」，但詩中的「黃鳥」亦是運用〈秦風・黃鳥〉
之歷史典故。

四、「事死如事生」

（一）古代的「俑」及「明器」

　　古代貴族去世後，會在墓室中放入殉葬之人
與陪葬之物，以便在死後的世界繼續享受在世時的
生活。前面提到，春秋時代之後逐漸改用「俑」來
代替活人及牲畜生殉，「俑」可視爲是一種「替
身」，故俑的形象多爲奴僕、樂舞伎、士兵及牛
馬。雖然以「俑」代替活人殉葬已經是一大進步，
但孔子仍痛恨「始作俑者，其無後乎」（指責最初
發明俑的人，一定會得到報應，絕子絕孫），因爲

文學書房

應劭《漢書注》：
「秦穆公與群臣飲酒
酣，公曰『生共此
樂，死共此哀』。於
是奄息、仲行、鍼虎
許諾。及公薨，皆從
死。〈黃鳥〉詩所爲
作也。」

文學書房

「始作俑者」出處
《孟子・梁惠王
上》：「仲尼曰：
『始作俑者，其無後
乎。』」後世以「始
作俑者」比喻首創惡
例之人。

「俑」製作精細，與眞人眞畜太相似，可見用俑陪葬的人，在潛意識中其實仍是想以眞人陪葬的。孔子希望貴族能尊重生命，直接放棄以一切活物殉葬的意念。

在戰國以前的陵墓中所出土的陪葬物品，通常都是墓主生前使用的日常器具；漢代之後的平民百姓則流行以「明器」來陪葬。「明器」其實就是「冥器」，是一種用陶土燒製而成，縮小版有如模型的各種日常器具，包括樓屋、井、食物、灶、犬、豬、牛車、馬車等日常用品都可以被製作爲明器，具體而微且維妙維肖。

漢代明器中的陶製犬

（二）現代紙紮業

現代人亦有「事死如事生」之觀念，也希望先人能在九泉之下過著比生前更幸福的生活，因此有「紙紮業」興起。「紙紮」和漢代明器觀念相似，都是酷似眞品但比例縮小的模型化物品，但明器是以陶土製作，放入墓穴陪葬；紙紮器具則是以紙製作關於食衣住行育樂的各項物品，以火化方式獻給死者。由現今琳瑯滿目的紙紮器具種類也可看出業者與時俱進，現今陽世最流行的各種商品都可以訂製送給先人使用。登入各家紙紮業者的網站，不僅可以看到維妙維肖的時尚錶款、客製iPhone5S、精品皮包、化妝品、寵物貓狗、別墅洋房、花園狗屋等，也有進口跑車、便利商店、加油站和天國洗車部。基於民眾對親人愼終追遠的心意，紙紮業者在農曆七月創造了另類經濟奇蹟。

紙紮汽車

國家圖書館出版品預行編目資料

超譯詩經──千年的歌謠／鄭玉姍著. -- 初
版. -- 臺北市：五南，2015.03
　　面；　公分
　　ISBN 978-957-11-7996-4（平裝）

1.詩經　2.注釋

831.12　　　　　　　　　104000648

1AQ9

超譯詩經──千年的歌謠

作　　　者 ─ 鄭玉姍（385.7）

發 行 人 ─ 楊榮川

總 經 理 ─ 楊士清

副總編輯 ─ 黃文瓊

編　　　輯 ─ 吳雨潔

封面設計 ─ 吳佳臻　姚孝慈

內頁插圖 ─ 林明鋒

出 版 者 ─ 五南圖書出版股份有限公司

地　　　址：106台北市大安區和平東路二段339號4樓

電　　　話：(02)2705-5066　　傳　　真：(02)2706-6100

網　　　址：http://www.wunan.com.tw

電子郵件：wunan@wunan.com.tw

劃撥帳號：01068953

戶　　　名：五南圖書出版股份有限公司

法律顧問　林勝安律師事務所　林勝安律師

出版日期　2015年3月初版一刷
　　　　　2019年3月初版二刷

定　　　價　新臺幣280元